D0753908

L'ANGE DE LA SOLITUDE

MARIE-CLAIRE BLAIS

L'ange de la solitude

Préface de Gabrielle Poulin

l'HEXAGONE

Éditions TYPO
Une division du groupe
Ville-Marie Littérature
1000, rue Amherst, bureau 102
Montréal (Québec)
H2L 3K5
Tél.: (514) 523-1182
Télécopieur: (514) 282-7530

Maquette de couverture: Nancy Desrosiers

En couverture: Marc-Aurèle de Foy Suzor-Côté,
Symphonie pathétique, huile sur toile, 1925.

Distribution:
LES MESSAGERIES ADP
955, rue Amherst
Montréal (Québec)
H2L 3K4
Tél.: (514) 523-1182
interurbain sans frais: 1 800 361-4806

Édition originale:
L'ange de la solitude,
Montréal, VLB éditeur, 1989.

Dépôt légal – 4ᵉ trimestre 1992
Bibliothèque nationale du Québec
Bibliothèque nationale du Canada

Préface

De La belle bête *(1959) jusqu'à* L'ange de la solitude *(1989), presque tous les romans de Marie-Claire Blais portent comme titre une périphrase qui affirme d'emblée l'omniprésence du personnage central. Ces titres qui, au premier abord, ont l'air de pactiser avec l'univers magique des contes, manifestent souvent aussi la prépondérance du sens de la vue:* Tête blanche *(1960),* Le jour est noir *(1962),* Les apparences *(1970),* Visions d'Anna *(1982). Même si, pendant trente ans, l'œuvre abondante de Marie-Claire Blais a connu de nombreuses métamorphoses, celles-ci n'ont jamais porté atteinte à sa troublante unité. À sa façon, cette œuvre illustre l'observation de Milan Kundera qui écrit dans* L'art du roman: *«Tous les romanciers n'écrivent peut-être qu'une sorte de* thème *(le premier roman) avec variations.»*

Il suffit d'ouvrir un roman de Marie-Claire Blais pour deviner, tout près de l'un ou l'autre des personnages, qu'ils s'appellent Patrice, Jean Le Maigre, Mathieu Le- lièvre ou Florence, la présence de l'Ange de la solitude, cet ange secret qui prend ses élus sous son aile et les en- traîne avec lui sur les chemins de la solitude et de la souf- france. Après s'être longtemps contenté de cette présence invisible, qui allait de pair avec sa superbe autonomie et lui garantissait une inaliénable intégrité, voici que cet être, plus extracéleste qu'extraterrestre, accepte le défi de la visibilité, de l'éclatement et de la dispersion de sa subs- tance même en une sorte de constellation de personnages

qui sont à la fois sa négation et une autre manifestation
de son hégémonie.

Dans le troisième tome de ses Manuscrits, Les apparences, Pauline Archange avait brossé le portrait de celui
qui fut son ange et peut-être, qui sait? l'ange gardien de
celle qui guidait sa main. À propos d'une reproduction de
la Mélancolie de Dürer que Mère Saint-Alfrèda avait ins-
tallée dans sa classe, la narratrice avait écrit:

> Cet ange désordonné, perdu dans une géniale maus-
> saderie avec son gros poing replié contre la joue, les
> cheveux couronnés de fleurs qui ressemblaient à des
> épines, n'était-il pas une sorte d'esprit créateur tel
> que nous n'avions pas l'habitude de l'imaginer?
> [...] en lui tout était violence, méditation passionnée
> mais cette violence ne s'apaisait que dans le travail,
> il tenait dans sa main droite l'outil de cette œuvre
> mystérieuse, mais les yeux au loin, ne travaillait pas
> encore...

Mère Saint-Alfrèda savait-elle que de grands écrivains, tels William Blake et Gérard de Nerval, avaient, en
leur temps, voué un culte à «l'Ange de la Mélancolie» de
Dürer? Quoi qu'il en soit, le choix anticonformiste de ce
patron permettait à la religieuse non conforme d'espérer
que l'ange communique à l'une ou l'autre de ses élèves
quelque chose de son esprit créateur. À la fin du même
roman, Pauline, en effet, avait été gratifiée d'une vision:
l'ange de Dürer, son ange, avait pris les traits d'un étudiant qui, secrètement, travaillait comme boucher, la nuit.
L'ange lui avait souri avec «une telle amitié» et «une si
tendre vaillance»... Mais, dans le monde contemporain,
ce monde que la romancière ne quitte jamais des yeux,
qui se soucie encore de l'antique métier des anges et de

semblables révélations? Inscrire au fronton d'un roman
le nom d'un ange, n'est-ce pas oser proclamer le caractè-
re sacré de l'écriture qui voue à la solitude celui à qui
l'ange a fait don de l'œil qui ne se ferme jamais et de
l'épée glacée et brûlante qui jette sur toute chose un éclat
qui, en même temps qu'il séduit, crée la distance inexora-
ble?

    Tel est le don ambivalent reçu en partage par Johnie,
la jeune femme qui, dans L'ange de la solitude, *a réalisé*
le rêve de l'adolescente Pauline Archange et exerce le
métier d'écrivain justement. Le roman se divise en deux
parties d'inégale longueur qui explorent et décrivent
«l'Univers de Johnie» et le lieu de cet univers où, pour
écrire, se tient Johnie, «le Seuil de la douleur».

    Comme Les nuits de l'underground, *dont il reprend le*
thème central de l'amour lesbien, L'ange de la solitude
présente un groupe de femmes. Là, tout était vu par le re-
gard contemplatif de Geneviève qui, à travers le spectacle
de ses nuits, cherchait à découvrir le vrai visage de Lali,
la femme qui l'attirait et dont ses mains d'artiste tentaient
de sculpter les traits et les formes. La souffrance de Gene-
viève était en quelque sorte la métaphore de l'impuissan-
ce de l'artiste et de la distance invincible entre l'être qui
aime et l'objet de son amour. Dans L'ange de la solitude,
tout se passe comme si le temps et l'espace de l'univers
romanesque ne pouvaient plus se déployer qu'au bout de
cette distance. La main qui écrit semble condamnée, com-
me l'œil qui contemple, à respecter l'écart infranchissa-
ble qu'impose au réel sa propre représentation.

    Aussi, pour entrer dans l'univers de ce livre, doit-on
faire violence à ses habitudes de lecteur de roman. Il faut
renoncer à la proximité, voire à la promiscuité, que
s'autorise habituellement quiconque recherche les sensa-

*tions fortes et les bouleversements intérieurs ou souhaite
s'identifier aux personnages, épouser leurs émotions et
suivre d'un œil complice une évolution psychologique qui
est ordinairement liée à la progression dramatique, tribu-
taire, elle, de l'irréversible avance du temps.*

*Aucun de ces comportements désinvoltes n'est de
mise ici. Il faut circuler dans ce roman comme l'on se dé-
place, en silence et lentement, dans une galerie de portraits. Le regard et la main d'un peintre qui a vu tentent
de donner à voir des personnages condamnés à la passivité, telle Johnie que «[l']impérative main de Dieu [avait]
sans doute clouée là».*

*Qui sont les femmes qui entourent Johnie? Des
femmes-reflets, des femmes-mirages, des femmes-images.
Johnie les contemple à distance, sous l'éclairage tamisé
de la mémoire, à travers la fumée de cigarettes, ou dans
l'éclat éblouissant de la mer, ce «gros œil qui les épiait
comme l'œil d'un canon», ou bien par l'intermédiaire de
«l'œil perçant de Paula», son «regard d'aigle».*

*Dans ce roman, comme dans la peinture encore, c'est
la lumière qui est souveraine. Sous son emprise, les objets, les éléments de la nature et les personnages eux-
mêmes perdent leur autonomie et leur mobilité. Dans
l'univers de Johnie, ils deviennent natures mortes, paysages et portraits. Les seuls mouvements qui leur sont per-
mis se font sur le mode magique de l'apparition et de la
disparition. Des mouvements qui s'accompagnent d'un
frémissement de l'ombre et qui donnent l'illusion de la vie
dans l'instant même qui les fige. Tout le reste, l'éloigne-
ment, la proximité, l'absence, repose sur un jeu de pers-
pectives, sur le mélange, les rapprochements et la super-
position des couleurs. Le peintre qui trace l'ébauche d'un
geste, l'esquisse d'un sourire, l'instant d'après l'efface et*

recommence. *Ce n'est pas un hasard si presque tous les personnages, cette constellation née du regard lumineux de l'Ange de la solitude, s'exercent à l'art de la peinture ou de la sculpture.*

La commune qui rassemble les compagnes de Johnie comme «une gerbe de filles fanées», c'est un tableau gigogne. Plutôt que d'insérer un roman dans le roman, Marie-Claire Blais déploie ici, à la façon de Magritte, des tableaux dans le tableau. Quand un personnage s'éloigne, ne reste, au-dessus des têtes rassemblées, que le tableau inachevé. «Tu seras le peintre de notre génération», avait prédit Doudouline.

> *... et maintenant, dans le salon enfumé, toutes se tournaient vers le tableau qu'avait peint l'Abeille, c'était un portrait de Thérèse,* Thérèse ou les plaisirs de l'été. *On y voyait Thérèse allongée sur l'herbe, dans un maillot de bain à rayures; cloué au milieu du mur, le tableau, comme celles qui le contemplaient, semblait reposer dans une pensive léthargie.*

Si le personnage meurt, cette mort, toute tragique qu'elle puisse être, se produit elle aussi sans qu'il y ait de véritable nœud dramatique ou même de dénouement. Gérard était là. Soudain, un vide se crée qui n'est pas sans rappeler la tache de l'absence laissée par la main suicidaire de Patrick Branwell, le frère bien-aimé, dans le célèbre portrait des sœurs Brontë.

> *Puis l'Abeille avait vu cette lumière dorée ondoyant sur la toile, dans ce carré blanc où la toile était encore intacte, cette lumière de l'automne qui venait de la fenêtre où Johnie était silencieuse et elle se dit qu'elle ressentait soudain l'absence de Gérard,*

*c'était là, dans l'âme, le cœur, comme un trou à vif,
soudain: où était Gérard? Où était Gérard? Cela venait avec la lumière dorée sur la toile, cette question
sans réponse, car l'Abeille venait de le pressentir,
Gérard ne reviendrait plus.*

L'ange de la solitude *est un livre austère. Il exige du
lecteur une attitude à la fois contemplative et active.
Comme dans une galerie de tableaux, toute liberté est
laissée ici au visiteur d'avancer à son rythme, de revenir
en arrière, de faire du surplace, de multiplier ses visites.
Entre le curieux, le visiteur pressé, le touriste de la lecture, et «l'univers de Johnie» se tient, comme sur «le seuil
de la douleur», l'Ange de la solitude. Pour accéder à ce
seuil, pour entrer dans cet univers, il faut accepter que le
temps lui-même s'abolisse, «ce temps d'une nullité
concrète entre l'eau et le ciel et la permanence de leur lumière»; il faut porter, avec Johnie, «le poids de ces jours
où [...], même si on avançait vers la mort chaque jour, il
ne se passait rien, il ne se passait rien». Voir, voir, regarder, fixer «ces rainures au plafond, ces filles dans la fumée [...] ici planait, comme un tonnerre bas, l'éternité,
rien d'autre, que la conspiration de l'attente dans l'ennui
[...].» Petit à petit, d'un tableau à l'autre, se compose,
comme sur une fresque, le «paysage» actuel de l'univers
sur lequel pèse toujours l'antique fatalité qui rend vaine
toute tentative de changement, dérisoire tout effort de libération.*

Avec L'ange de la solitude, *Marie-Claire Blais fait
plus qu'ajouter un roman à l'ensemble déjà impressionnant de son œuvre, elle fait plus qu'écrire de nouvelles
variations sur un même thème. Elle jette sur sa propre vision de l'univers et sur son métier d'écrivain un éclairage*

qui en dévoile la texture. Elle livre quelques-uns des se-
crets d'un art poétique qui garde pudiquement et farou-
chement sa voix personnelle à l'abri de toute contamina-
tion.

Dans sa sobriété et sa nudité, ainsi que «l'arbre noir,
calciné, ce portrait d'une invisible détresse», L'ange de la
solitude assume la vision poétique, voire cosmique, qui
est à l'origine d'un univers condamné. De l'arbre planté
au milieu du paradis qu'on a coutume d'appeler «l'arbre
de vie», «l'arbre de la science du bien et du mal», les
yeux dessillés de la romancière, comme ceux de l'ange
debout au seuil de la douleur, n'ont retenu que l'image
stylisée, le squelette dressé comme un épouvantail devant
tout désir, toute gourmandise et toute curiosité. L'arbre
de vie, condamné à la stérilité, devenu l'arbre de mort,
est aussi promis à l'équivoque immortalité de l'image, au
milieu du paradis perdu de l'imaginaire de Johnie. Écrivain et personnage, celle-ci, tout comme l'ange qui la
garde, est tenue à la vigilance et son instrument privilégié
aussi a la forme, l'éclat et l'implacabilité d'un glaive.

De là à suggérer que, à partir de ce roman comme
d'un seuil privilégié, toute l'œuvre de Marie-Claire Blais
puisse être revisitée et redécouverte, la tentation est grande. L'unité de vision de cet univers expliquerait même
l'attrait du temps imparfait, lequel, depuis toujours, fixe
les personnages de Marie-Claire Blais dans une durée fa-
tale et fait d'eux, non pas des créatures en devenir, comme on pourrait être tenté de le croire, mais des êtres dont
les actions échappent aux contraintes de la contingence
pour se figer dans la durée infrangible de l'image et du
symbole.

L'on s'est interrogé sur la phrase longue, intermina-
ble de Marie-Claire Blais. L'on a cru déceler, dans cette

écriture, une quelconque influence proustienne. Plus encore que les romans antérieurs, L'ange de la solitude illustre, à la façon d'un livre d'images, la relation particulière qu'entretient la romancière avec le réel et avec l'écriture. L'essentiel de cette relation a pour source l'œil du contemplatif qui se pose sur les êtres avec une sorte de détachement et de respect et les fait entrer intacts dans une autre dimension, celle d'un art né du regard. Cet art se préoccupe davantage du combat de la lumière et de l'ombre que des gestes dérisoires que le temps, dans son morcellement, commande et condamne. La phrase de Marie-Claire Blais participe de cet art de la vision qui englobe dans un même mouvement l'universel et le particulier, la durée ininterrompue et l'heure présente. L'œil qui ne se ferme jamais, comment pourrait-il se résoudre à briser cette phrase écrite sur la ligne indivisible qui le relie à son objet? Sur cette ligne continue, les causes et les effets, l'avant et l'après n'ont qu'une même présence à laquelle seule la juxtaposition peut rendre justice. La vigilance de l'ange de la solitude ne connaît aucune interruption. La romancière se résout-elle à mettre un point à ce qui pourrait bien être la chute d'une phrase infinie, tout au plus ce signe ponctuel indique-t-il un bref battement des paupières: sans cesser de fixer son objet, l'œil, un bref instant, se pose ou se repose. De même encore, quand Marie-Claire Blais termine un roman, le point dit final marque seulement, à la façon d'une petite pierre blanche, le lieu où la phrase disparaît aux regards et, souterrainement, poursuit son cours. Lorsqu'elle réapparaîtra, lestée des mêmes ténèbres intérieures, luisante des mêmes clartés, elle continuera au grand jour son cheminement entêté, jetant sur l'univers et sur les êtres les om-

bres et les lueurs qui témoignent de la lucidité de l'Ange
de la solitude, l'Ange de la fidélité créatrice.

GABRIELLE POULIN

à Louise-Odile,
Francine,
Zonzon,
Lyn,
Lysanne,
Dolorès,
Danièle,
Hélène,
Monique,
Toto,
Solange,
Denise.

L'ange de la solitude, c'est-à-dire un être de plus en plus inhumain, cristallin, autour de qui se développent les bandes d'une musique basée sur le contraire de l'harmonie, ou plutôt une musique qui est ce qui demeure quand l'harmonie est usée.

Jean Genet
Querelle de Brest

PREMIÈRE PARTIE

L'univers de Johnie

JOHNIE FUMAIT NÉGLIGEMMENT ses cigarettes, c'était la nuit, bientôt l'aube. Johnie, Gérard, Polydor, Doudouline étaient réunies dans le salon de l'Abeille et Doudouline disait d'une voix mélodieuse: «L'Abeille n'est pas encore rentrée par cette nuit de pleine lune, vous l'avez vue partir, les filles, dans son veston de cuir si court sur les fesses, ses écouteurs sur les oreilles, ses bottes de cow-boy aux pieds, elle allait traîner dans le parc, sans doute. Il est quatre heures du matin et nous sommes là à l'attendre en buvant des bières. Ne te saoule pas, toi, Polydor, on finira bien par revenir chez nous, où cela chez nous? On ne peut pas toujours vivre chez Thérèse et l'Abeille, sans rien faire, les filles, dans une perpétuelle oisiveté. Pensez donc à ma mère. À mon âge, on l'invitait déjà à jouer à Paris...» Et Polydor se laissait bercer par cette voix si chaude de Doudouline, car Doudouline était là, doucement répandue sur les genoux de Polydor, sa rose opulence au repos, et Polydor la contemplait de ses yeux épris, enfin elle était là, assise dans ce creux de fraîcheur des genoux de Polydor, inclinant sa tête blonde, et Polydor demandait en glissant des morceaux de chocolat entre ses lèvres:

— On n'est pas bien là, entre nous?

Johnie — que l'on appelait ainsi à cause de sa passion pour Radclyffe Hall — regardait Gérard, alanguie dans le fauteuil de velours de l'Abeille. Dire que nous

nous aimions tant, autrefois, pensait-elle, dans mes meubles miteux, près du pont. Il y avait eu ces cils si longs lui
caressant le visage, ces joues de marbre, des cheveux bouclés, et soudain cette vision de leurs jambes retombant
l'une sur l'autre, avec lassitude, dans le grand lit acheté à
crédit, et cette pensée qui les avait séparées en un même
élan: l'avenir, l'avenir contenu en chacune d'elle — et
que Johnie, par quelque mystérieuse connaissance, lisait
dans les cartes — et qui les avait plongées toutes deux
dans une redoutable méditation, comme si elles eussent
mesuré avec leurs corps, en s'embrassant et en se touchant dans les lieux les plus sensibles, combien leurs es-
pérances de vie étaient modestes. «On gèle ici», avait sou-
piré Gérard, couchée là, sans frémissement sur l'ossature
de Johnie, ses flancs durs, écoutant des chansons douceâ-
tres à la radio. Gérard était paisible, comme évanouie, et
Johnie avait senti sous elle cet assemblage d'os, de côtes
maigres, songeant à cette légère différence entre elles, les
cheveux bouclés, la noire couronne de cheveux, cela qui
recouvrait les joues de marbre de Gérard, ses cils frisés, et
ce geste lent, paresseux, de Gérard qui s'endormait près
d'une femme, étendant tout autour sa nuit silencieuse,
pleine d'énigmes. (Ainsi ces prénoms, pensait Johnie,
Doudouline, Gérard, l'Abeille, n'appartenaient qu'à elles,
qu'à l'appel de leurs refuges, de leurs abris; lorsqu'elles
auraient fui la retraite magique, ne seraient-elles pas aussi
tendres et nues que ces soldats que l'on eût dépouillés de
leurs armures de feuillage dans un bois où l'ennemi sournois aurait pu se cacher derrière chaque arbre?) «Je parie
qu'elle est dans les bras de quelqu'un, disait Doudouline à
Polydor, elle perd toujours la tête les nuits de pleine
lune...» L'Abeille errait sans doute dans les rues, les
parcs, son Abeille agile et grelottante. Il lui arrivait de se

promener impudemment la nuit, à la recherche d'une créature suspecte qui la cajolerait, n'était-ce pas une honte, et on ne pouvait rien lui reprocher alors, car c'était le temps des règles, la folie du sang qui la rongeait. «Sinistres choses que nos viscères, pensait Doudouline, et maman, dans tout cela, ma pauvre mère, se donner tant de peine pour me faire naître, prête à accoucher sur une scène pendant qu'elle jouait Racine, et je ne fais rien de mes dix doigts, j'écris un peu de musique, j'ai une voix étonnante, disent mes professeurs, mais à quoi bon s'acharner au labeur quand on est jeune, on garde cela pour ses vieux jours, comme dit Gérard. Bon, l'Abeille est encore avec un homme, un voyou sans doute, qu'elle a rencontré sur son chemin, tout ce qui se ramasse à cette heure-là dans un parc ombreux, ses pieds sont humides dans ses bottes, ses oreilles bourdonnent d'une musique rock...» Et il est vrai que pour l'Abeille cette musique fracassante semblait sourdre de la voûte du ciel, des arbres dénudés, de la terre qui frissonnait sous le gel. Lorsqu'un homme lui ouvrit la portière de sa voiture, elle monta près de lui, se laissa mollement prendre dans ses bras, il ne pouvait en être autrement, pensa l'Abeille, fataliste, puisque la lune était haute et rouge dans le ciel, mais elle avait oublié de nourrir le chat avant de sortir, et le tableau, le tableau était toujours inachevé dans le salon. «Tu seras le peintre de notre génération», avait dit Doudouline, et maintenant, dans le salon enfumé, toutes se tournaient vers le tableau qu'avait peint l'Abeille, c'était un portrait de Thérèse, *Thérèse ou les plaisirs de l'été*. On y voyait Thérèse allongée sur l'herbe, dans un maillot de bain à rayures; cloué au milieu du mur, le tableau, comme celles qui le contemplaient, semblait reposer dans une pensive léthargie. Puis Gérard s'était levée de son fauteuil avec son habituelle langueur,

disant qu'il était temps de visiter les bars avant leur fermeture, il fallait bien se réchauffer quelque part en ce lu-
gubre hiver sans fin, soupirait-elle à l'oreille de Johnie.
Puis elle avait bu son coca-cola d'un seul trait, pendant
que Johnie écrivait dans son cahier — quelle misère de
préparer une licence en allemand, d'être boursière d'université comme Johnie, avec des parents ingénieurs qui
l'avaient élevée dans la paperasse, les livres, et on aurait
pu croire parfois que Johnie était victime de cette passion
du mot écrit, fureur sacrée dont Gérard était jalouse.
Dommage de manquer la vraie vie qui coulait dans ce
mince filet de lumière à l'aube, dans les bars, pensait Gérard, et Johnie leva la tête de son cahier vers Gérard qui
allait sortir, vêtue de son smoking rouge; sous la soie du
smoking on voyait poindre les oreilles de Mickey Mouse
de son t-shirt. Johnie ferma les yeux, voilant son visage de
la fumée de ses cigarettes brunes. «Et qui espères-tu rencontrer à cette heure-là?» demandait Doudouline à Gérard, avec sévérité: elle était douillettement renversée sur
les genoux de Polydor et l'autorité de sa voix surprenait
dans ce vaporeux désordre qui se répandait partout avec
les bières et les cigarettes dans le salon de l'Abeille. Et là-
bas, l'Abeille enfilait ses vêtements, même les plus
lourds, comme le casque de fourrure et les mitaines, et
soudain jetée dans la nuit glacée, elle méditait devant le
ciel, sa morosité, ses écueils: lui, l'homme, posait sa main
sur l'épaule de l'Abeille, il partageait ses pensées mélan-
coliques, disait-il, il n'était qu'un humble chauffeur de
taxi et l'Abeille avait été bien bonne de faire l'amour avec
lui. «Disparu après cinq ans de vie commune», disait
l'Abeille à voix basse, les yeux brillant d'un éclat froid
sous ses lunettes. Oui, mais Doudouline ne lui avait-elle
pas incessamment répété: «Tu la perdras Thérèse, toi qui

ne finis jamais rien, ni les tableaux ni les cours de dessin, toi qui sors la nuit, tu la perdras Thérèse», et à ce chant de la voix de Doudouline qui avait si souvent rappelé l'Abeille à l'ordre du clan, s'associaient d'autres sons, d'autres murmures éloquents lorsque les filles de la bande se rassemblaient, le jour comme la nuit, dans la maison de l'Abeille. Il y avait eu l'indolente Johnie, ce cygne dans la poussière du petit jour, dégustant son café à l'aube, et Gérard dans ses fonds de cour givrés d'où elle ne ramenait que ses joues rougies par le froid, dures comme des pommes, elle ne les offrait que de travers, en se déplaçant à peine du pilier de son torse rigide comme si la pluie, la neige, l'eussent enrobée dans son frêle smoking rouge, figée là, dans le vestibule, mais Thérèse qui était partie, ne serait plus qu'une élue passagère dans un tableau, on ne l'entendrait désormais vivre et respirer, pensait l'Abeille, que dans ce portrait fatidique fixé au-dessus de cette table où Doudouline et Polydor se léchaient les doigts en beurrant leur pain grillé, le matin.

Ce tableau resplendissait d'innocence au-dessus de la tête de Doudouline, sa lumière nimbait d'une clarté tiède la pièce enfumée et dans cette lumière — car déferlait aussi aux fenêtres l'anéantissante lumière de l'aube, cette lumière du crime, pensait Johnie, dans laquelle on voyait tout, même ces glaçons, cette neige qui s'enlisait aux carreaux des fenêtres, et plus loin encore, on voyait la corde à linge des voisins et ces répugnantes chaussettes ou culottes qui tremblaient dans le vent, surgissant, impures, entre le ciel maussade et un entassement de ruelles, de maisons crasseuses —, Doudouline trempait ses doigts dans le pot de confiture quand soudain elle se revit avec Polydor et sa mère à Paris: elles entraient dans la loge de

Sophie, écrasant de leurs bouquets de roses leur maigre idole: «Nous n'avons plus un sou pour le billet de retour, maman chérie, nous avions besoin de vêtements neufs, nous n'allions pas venir te voir jouer à Paris dans nos jeans crottés.» Et Sophie qui était plus qu'une mère, mais une déesse, du moins une princesse de son art, pensait Doudouline, en regardant du côté de la morne fenêtre, là où s'ébrouait la corde à linge des voisins dans le vent, Sophie avait écarté les filles en criant: «Pourquoi m'avez-vous donné des enfants mon Dieu, ils croient tous que je suis millionnaire?» On avait écrit dans les journaux de la veille que Sophie avait été bouleversante dans cette pièce de Strindberg, et Doudouline, Polydor, irrésistiblement allaient sauter à son cou, mais, les acteurs envahissant sa loge, Sophie repoussa doucement sa fille — Polydor aussi, mais cela ne pouvait pas lui faire autant de peine, pensa Doudouline — avec un détachement feint, enjoué, en disant: «On se retrouvera plus tard, ma chérie», et Doudouline avait pensé avec amertume: depuis qu'elle est ici, maman a un accent impérieusement français. Et comme si elle avait senti peser sur elle ce regard sévère qui lui était familier, Sophie avait légèrement vacillé. Cela ne se passait qu'entre elles deux, cet imperceptible glissement de l'âme, cette façon de chanceler sous la pression d'un regard un peu dur, et peu à peu la gamme de mots fermes et surveillés l'avaient abandonnée et Sophie avait dit de son ton le plus naturel: «On a beau vous aimer, vous nous ravagez le cœur», pendant que de sa jolie bouche, dont la grâce était souvent contractée, on entendait la cascade d'un rire grave, démuni, car émue de revoir sa fille après ces longs mois d'absence, elle s'échauffait dans ces liens de brusque confidence que Doudouline connaissait si bien: «Et ton frère, il est toujours barman aux Antilles? Il

sniffe encore de la coke? Qu'est-ce que j'ai fait au Bon
Dieu pour avoir des enfants comme ça?» Et au restaurant,
parmi les comédiens qui levaient leurs coupes de champagne à sa santé, Sophie n'avait-elle pas trahi soudain
dans son ébriété triomphante, ces misères secrètes — oui,
ma Doudouline, un salaire minable, le froid dans la chambre de bonne, et même une pneumonie, je ne pouvais pas
vous raconter tout cela dans mes lettres, c'est cela, ma
fille, quand on recommence sa vie à cinquante ans, mais
je ne regrette rien — pendant que Doudouline regardait sa
mère avec un accablement délicieux, oubliant Polydor qui
était à ses côtés et qui la grondait, comme d'habitude,
pour ses gargantuesques appétits de crème et de gâteaux.
«Elle mange trop, elle a toujours faim», disait Polydor à
Sophie, et Sophie avait ri d'un rire gêné, presque souf-
frant. La complicité de ces aveux, de ces roucoulements
indiscrets autour de la table, avait subitement fait pâlir
Doudouline, emprisonnée dans sa chair rose, déposée
dans l'abondance de sa robe de soie, comme dans un cof-
fret, pensait-elle. Elle eût aimé disparaître dans le jour
blafard, ne plus rien ressentir, car de l'autre côté de la vitre du restaurant dormaient ces moribonds emmêlés et sa-
les, sur les trottoirs de Paris. Et que faisait Doudouline?
Elle remuait la riche nourriture dans son assiette, consciente de sa captivité dans un corps voluptueusement
repu, consciente aussi du rire moqueur, conciliant, de sa
mère qui, pendant un instant, l'avait couverte de honte.

❑

Il était sept heures du matin quand l'Abeille rentra,
ses écouteurs sur les oreilles, comme Doudouline l'avait
vue partir avec tant d'inquiétude, dans la nuit. «Encore un

chauffeur de taxi?» dit Doudouline avec un regard mauvais, mais l'Abeille ne l'entendit pas, la musique de Michael Jackson enserrait ses tempes, épousait son rythme
cardiaque, comme si dans l'intensité de ces crescendo qui
la traversaient, le sang qu'elle perdait chaque mois — ce
qui lui rappelait toujours la mort de sa mère — s'était mis
à bourdonner à ses oreilles, lui faisant craindre quelque
incohérente démesure — sauter d'un septième étage,
éprouver du désir pour un inconnu, rechercher le contact
brûlant d'un homme sur ses cuisses bleuies par le froid —,
et ce n'est que lorsque la musique de *Thriller* se tut que
l'Abeille se souvint qu'elle était parmi les filles, dans son
cher salon, son coin d'atelier, sa cuisine dont elle prenait
un soin si vigilant et partout elle ne voyait que la gerbe de
filles fanées, leurs canettes de bière ouvertes, leurs cigarettes au bord des fauteuils, et sur le mur, au-dessus de la
tête de Doudouline qui mangeait une pizza, le tableau,
toujours aussi implacable et fier, déversant sur l'Abeille la
consolatrice présence de Thérèse qui, sans se séparer de
l'œuvre du peintre, s'était majestueusement enfuie comme si elle s'en allait vers la montagne faire son jogging,
chaque matin, pensait l'Abeille, soudain mortifiée, irritée
que Johnie s'étire d'un mouvement raide à ses côtés et lui
suggère de se coucher, car qui était encore debout à huit
heures du matin?

L'Abeille écoutait ce souffle de la maison assagie,
ensommeillée, c'était l'heure où Johnie se mettait à écrire,
ouvrant ses carnets sur la table, fixant d'un œil endormi le
bout de ses crayons. L'Abeille enlevait ses vêtements, ses
bottes trempées, elle emportait avec elle dans sa cellule —
car n'était-elle pas la seule à avoir un sens du territoire?
— une ou deux canettes de bière froide, et ce souvenir

trop palpable de Thérèse, de son long nez grec — ce tableau qui sentait encore la peinture dans le salon —, som-
brait avec l'Abeille au fond de ce lit où ne se réfugiait
désormais que le chat, ce même chat résigné du tableau,
qui avait consenti non sans caprices à se laisser peindre,
immobile, sur ses pattes de devant, dont les griffes grat-
taient la nuit les plis de la couverture écossaise, contre la
poitrine de l'Abeille. En combien de nuits, la tête sur
l'oreiller, par les aubes les plus détestables, lorsque le ciel
lui-même ne venait pas à votre secours, pour pleuvoir ou
neiger comme cela se fait ailleurs, lorsque tout n'était que
stagnation sous les nuages de mars qui ne bougeaient pas,
comme sous le plafond de la chambre — dont l'Abeille
avait compté toutes les rainures, chacune d'elles dissimu-
lant un secret, un stigmate que le temps avait inscrit dans
le plâtre, le bois, et il en était ainsi de chaque objet délaissé dans l'univers, la multiplicité des rainures finissait par
vous vaincre, devenue le symbole de la répétition de nos
gestes jusqu'à l'usure, la stérilité de l'ennui, le symbole
aussi de notre abandon sur la terre, on s'endormait, pensait l'Abeille, lasse de ne rien comprendre au sens de sa
vie —, en combien d'heures d'enlacements sous la couverture écossaise, heures frileuses même enfouie dans les
seins de Thérèse, l'Abeille ne s'était-elle pas confiée en
vain à cette oreille prudente — combien prudente, avare,
janséniste, ah! Thérèse n'avait-elle pas soudain tous les
défauts? — qui avait exprimé de la méfiance lorsque
l'Abeille lui avait paru excitée par l'alcool et les femmes,
de quoi parlait-elle au juste, qu'était-ce que cette négative
philosophie de l'existence, celle d'un sublime laisser-aller
de la conscience dont parlait l'Abeille, les prunelles en
feu, et pourquoi les prunelles de l'Abeille étaient-elles si
larges soudain, et si pétillantes? Était-elle hallucinée,

comme tant d'autres? Non, Thérèse n'aimait pas cette
molle, soyeuse conscience de vivre liée à un état de plaisir, de célébration, de dissolution: la beauté de l'instant
présent en était peut-être glorifiée, car égoïstement, le
temps s'en allait à l'inverse des drames du monde, plutôt
que de construire une maison de ses propres mains, aider
les délinquants, les sans-abri, apprendre à manier une ca-
méra, un ordinateur, comme le faisait Thérèse. L'Abeille
égarait partout ses sensations d'un bien-être dont les
jouissances étaient brèves, qu'il fût filtré dans l'écume de
votre bière ou dispensé par un chauffeur de taxi, ce bien-
être farouche et entêté n'était pas le bonheur, disait Thérèse, et soudain l'Abeille éprouvait cette sensation d'un ennui aussi tenace que la pensée des multiples rainures au
plafond, à tous ces plafonds de la ville qui cachaient le
ciel, la lumière, le soleil. Gérard enlevait son smoking
dans un long bâillement, dans la cuisine: l'élancement de
ce geste, sa langueur, dans une cuisine où il faisait froid,
pinçait les nerfs de l'Abeille qui se levait à nouveau pour
aller se chercher une bière. Qu'était-ce qu'une commune
de filles — d'ailleurs, ce terme n'était déjà plus à la mode
— si chacune cédait à ses impulsions personnelles? pensait l'Abeille en regardant Johnie penchée sur ses cahiers,
repoussant le pot de confiture et les taches liquides qui
collaient à la nappe rouge — et pourquoi écrivait-elle cet
essai *De Sapho à Radclyffe Hall*? N'y avait-il pas assez de
femmes dont elle aurait pu parler chez nous? Les universités, les bars en abondaient, et Johnie fouillerait bientôt
les bibliothèques européennes, humant le parfum de ses
héroïnes mortes, pensait l'Abeille. Doudouline, qui était
chaude en toute saison, somnolait sur le matelas près du
réfrigérateur avec Polydor qu'elle tenait serrée contre elle
et dont on ne voyait que la touffe de cheveux, au sommet

de sa tête, sous la mince couverture qui les revêtait. Il était étrange de penser que sous cette brune tignasse en désordre dormait une aspirante à la prêtrise, pensait l'Abeille, une étudiante en théologie qui ne croyait pas en Dieu mais qui voulait changer l'ordre social, comme si cela n'eût pas été le but de chacune dans cette maison, quand s'élevait pourtant de tous les côtés — et qui sait, plus que jamais — l'éternelle forteresse d'un confortable patriarcat dont on avait pris l'habitude. L'Abeille eût aimé se lancer dans d'intarissables discours sur l'infamie des religions, bien qu'elle eût la langue pâteuse de l'ivresse, mais c'était par un matin aussi noir et sinistre que Johnie avait décidé de commencer son œuvre ou l'essai sur l'une de ces œuvres célèbres dont elle parlait si souvent et qui semblait la laisser suspendue, soudain, dans un monde différent, d'une méconnaissable beauté, pensait l'Abeille, car ici-bas rien ne changeait, la corde à linge des voisins grinçait toujours dans le vent. À travers tant de passivité consentie dans ce salon où l'on pensait surtout à rire et à s'amuser, on verrait Johnie, notre Johnie, écrire, on l'entendrait penser en profondeur, et Gérard qui était encore debout, rôdait autour d'elle, des incompréhensibles signes de son écriture, regrettant cette ferveur de Johnie — c'était sans doute à cause de sa mère anglaise — pour les livres, l'écriture. Gérard tapait du pied sur le plancher de bois verni, en disant: «Hé Johnie! les bars vont bientôt fermer», jusqu'à ce que ces trépignements évoquent, pour Johnie, le son de la neige feutrée, après la musique du Club, sous les semelles de leurs souliers lorsqu'elles marchaient ensemble dans les rues silencieuses, à l'aube. Des frémissements inquiets parcouraient le dos de Johnie, sa nuque penchée sur les feuillets épars de ses cahiers: coupable de subtiles traîtrises lorsqu'elle osait s'emparer d'un

crayon, d'un stylo, sous les yeux de Gérard, elle pensait à
Thérèse gravissant la montagne de ses amples bonds en-
thousiastes, à six heures, chaque matin, et se demandait ce
qu'elle faisait ici, attendant les révélations de l'esprit,
dans une pièce froide, où il fallait souffler sur ses doigts
pour les réchauffer. «Chut, chut, dit Gérard, tirant les coli-
fichets de plume qui pendaient aux oreilles de Johnie,
continue je ne te dérangerai pas.» Gérard déambulait dans
la cuisine, vêtue de son t-shirt Mickey Mouse, elle rentrait
et sortait le chat, refermait bruyamment la porte. *De Sapho à Radclyffe Hall,* écrivait Johnie, et soudain, comme
Thérèse, elle se retrouvait au sommet de la montagne où
elle respirait l'air des cimes et elle eût aimé savoir décrire
en une seule phrase honnête ou lucide ce qu'elle ressentait
et qui semblait se brouiller à mesure dans la fatigue de la
nuit. Mais n'était-ce pas un peu ainsi: la société ressemblait à une forêt uniforme où poussait rarement la fleur
sauvage, et comme si on eût été dans un état de guerre et
qu'il y eût des soldats tapis dans l'herbe, ceux-ci déguisés
en ce vert, uniforme feuillage afin de mieux se perdre
dans la forêt, on ne pouvait plus distinguer les soldats de
l'ennemi sournois qui se dérobait derrière les arbres, ces
arbres qui avaient pris eux-mêmes la teinte de la forêt,
partout dans cette forêt en apparence si uniforme. Celui
qui portait une couleur différente pouvait déclencher l'attaque de l'ennemi. Mais Johnie refermerait bientôt ses cahiers, car Gérard se dépouillait peu à peu de ses armures
de séduction, le smoking rouge, le jean serré avec un raffinement étudié qui dévoilait le pli de son sexe, les souliers en plastique rouge que les pieds longs et fins de Gérard menaient souvent sur la patinoire des rues, des trottoirs, dans la boue comme dans la neige: «Viens, tout de
suite, criait Gérard, autrement je ne pourrai pas dormir, tu

me connais. Où sont mes pilules?» Johnie venait s'allon-
ger près de Gérard: elle tardait à s'endormir dans cet
oreiller touffu que sont les boucles des cheveux de Gérard, car la lumière du jour, une lumière frissonnante, glacée, pénétrait les stores entrouverts, et cette pensée revenait sans cesse, pendant que Johnie écoutait le souffle de
Gérard à son oreille, et pourquoi était-il si rapide, ce souffle de Gérard, pourquoi s'accélérait-il soudain? Oui, en
apparence tout était paisible, mais celui ou celle qui portait une couleur différente pouvait déclencher à tout instant la colère, la haine de l'ennemi.

❏

Encore une de ces aubes froides, pensait l'Abeille,
désolante journée d'hiver où l'on ouvrait les yeux dans un
lit chaud de plaisir qui n'était pas le sien, car c'était ainsi
depuis le départ de Thérèse, l'Abeille méprisait la chasteté sous la couverture écossaise, souvent elle ne connaissait pas celle qu'elle suivait en quittant la piste de danse,
elle emboîtait le pas, souple à la caresse animale — elle
eût préféré garder ses écouteurs au lit, entendre encore
Beat it, Beat it, mais Paula n'aimait pas Michael Jackson,
elle n'aimait personne, Stevie Wonder, Ray Charles, non
plus. «Qui sont tous ces barbares?» demandait-elle avec
aigreur. Elle ressentait comme une absurdité ce gouffre
qui séparait les générations les unes des autres, car même
sous les draps, elle était seule avec Paula, baignant dans
une intimité qui lui était étrangère, pensait l'Abeille, sans
doute parce que Paula avait été son professeur de dessin
autrefois — ces cours qu'elle n'avait pas terminés — et
une amie de sa mère, l'autre écart, et là le gouffre s'élar-
gissait, c'était Michael Jackson, Stevie Wonder, il n'y

avait plus de doute, Paula était une créature bornée. «Ça ne va pas?» demandait Paula, en posant sa vaste main sur le front de l'Abeille, «tu n'as pas bien dormi? Je t'ai enlevée à temps, cette nuit, un peu plus tu partais avec une missionnaire qui avait fait son apprentissage sexuel dans la brousse. Tu lui marchais sur les pieds en dansant. Ta mère qui était une femme si libérée n'approuverait pas.» Puis l'Abeille avait vu la longue femme assise dans un poussiéreux rayon de soleil qui tombait sur le parquet froid, elle était là comme une grande fleur dans sa chemise, une sorte de surplis, pensa l'Abeille qui tenait entre ses mains sa tête lourde comme du plomb. Paula était reconnue dans le milieu du théâtre pour l'originalité de ses décors et l'opulence de ses opéras wagnériens. C'est une opulente, une enveloppante, une tragique, pensait l'Abeille, les tympans abasourdis, mais Paula était aussi un peintre, un graveur d'une sobriété extrême. Elle sortait maintenant ses tableaux, ses gravures d'une armoire qui avait longtemps été fermée à clef. «C'est en pensant à ta mère que je te montre tout cela», dit Paula, et l'Abeille se pencha vers ces admirables dessins de Paula, éparpillés sur le parquet, elle admira la pureté de ce trait, de ces lignes, lorsque Paula dessinait un arbre, souvent un arbre sans feuilles, dans une cour sans jardin, sans fleurs, un arbre qui se dressait, noir, calciné, en une lointaine et funéraire saison où Paula avait livré son âme. «Que j'aime tes gravures», dit l'Abeille — rassurée soudain, car le gouffre Michael Jackson n'avait-il pas été franchi —, mais Paula avait déjà saisi son cartable des mains de l'Abeille en disant: «Non, j'ai eu tort, tu ne peux pas comprendre» et avec ce doute qui ébranlait Paula dans ses graves fondations l'Abeille sentit passer sur elle un souffle puissant, impérieux. Paula semblait éclabousser de ses éclairs de feu — même lorsqu'elle était pleine de doutes, comme maintenant — les débris de son existence avec Thérèse, elle dissipait l'ennui, la chasteté sous la couverture écossaise, avec ou sans Thérèse, et si l'Abeille était sauvée de l'ennui, et même de la nostalgie fulgurante, dangereuse, mortelle, en cette saison, elle ne compterait plus les rainures au plafond de sa chambre, elle pourrait être peintre, graveur elle aussi, et Johnie qui avait écrit dans son journal combien l'hiver était une saison hostile, disgracieuse, songeait à ces pauvres gens qui toussaient, tremblant de fièvre lorsqu'ils allaient à l'usine, au bureau. Ces mêmes femmes, ces mêmes hommes mendiaient aux tarots que leur lisait Johnie — mais bientôt elle n'aurait plus le temps, avec son essai — le verdict de leurs destinées.

Et Johnie dissipait sur eux sa poudre d'or, prodiguait ailleurs que dans l'écriture la manne inépuisable de son expérience, cette expérience qui lui semblait souvent antérieure à elle-même. Dans quelle torpeur généralisée vivaient la plupart des êtres, sous quelle basse discipline se pliaient leurs jours, dans ces bureaux, ces usines, quand pendant ce temps, née dans un milieu que favorisaient l'intelligence et l'argent — et des parents féministes radicaux — Johnie jouissait d'une liberté qu'elle eût pu qualifier de volage, car Johnie se souvenait de la chaleur de Gérard — mais ce souffle rapide, pourquoi? —, du parfum de ses cheveux contre lesquels elle avait dormi. Elle pensait que là où les filles de la bande n'avaient qu'un seul toit, la maison de l'Abeille, Johnie en avait plusieurs, de la maison de ses parents où elle était toujours accueillie avec une joie hâtive, parmi leurs nombreux travaux, les conférences qu'ils préparaient, elle pouvait aussi rentrer chez elle — les filles ne savaient rien de ce lieu qui s'appelait «chez-soi» —, dans cet appartement secret qu'elle partageait avec Lynda, dont elle ouvrait la porte en sortant du lit de Gérard. Et soudain elle avait vu l'objet: l'objet traître qui était un rasoir, un grossier appareil qu'un homme avait laissé derrière lui et qui prenait toute la place dans la chambre. Oui, un homme était venu, avait dormi dans cette chambre; Lynda et l'homme avaient fait l'amour dans ce lit. De la chambre assiégée montaient encore des odeurs capiteuses: comment Johnie eût-elle confié à Gérard, Doudouline, Polydor, moins encore à l'Abeille qui était si souvent autoritaire, qu'elle avait depuis quelques années déjà une captive chez elle? Comment leur expliquer à toutes qu'elle avait enlevé Lynda dans ce magasin où elle vendait des bijoux pour sa mère? Ne le connaissant pas, Johnie éprouvait l'attirance du monde ouvrier, ou plutôt, ne devait-elle pas l'admettre enfin, ce monde éveillait-il en elle son instinct de propriétaire? Toutefois, Lynda n'avait jamais senti peser sur elle la tyrannie de Johnie si Johnie pouvait définir ainsi l'autocratie qu'elle exerçait auprès de Lynda; elle exigeait la fidélité, l'obéissance, mais sans jamais énoncer ses commandements d'une voix ferme. Mais cette fois Lynda avait sérieusement désobéi: elle avait amené un homme, pas un étudiant, à la maison; le rasoir oublié sur la table de chevet était le symbole insolent de cette invasion masculine: un homme s'était rasé ici, dans cette pièce, dans un narcissisme glacé, arrosant ensuite son visage d'eau de Cologne. Lynda avait senti contre sa joue cette joue lisse, encore rugueuse à certains endroits, sous les poils, et Lynda avait été transpercée par ce corps viril exultant sa victoire jusqu'au cri de l'orgasme. Ah! ces malheureuses épouses dont elle scrutait le destin, dans les tarots, à la merci de l'adultère, d'une scélératesse des sens qui les dé-

truirait, combien elle les plaignait, debout à la fenêtre, sa
cigarette se consumant seule au bout de ses doigts. Et Johnie vit soudain Lynda, c'était bien elle qui descendait de
la voiture d'un homme, confiante, épanouie, vêtue d'un
manteau de fourrure, Lynda qui était pauvre, celle qui
avait représenté si longtemps pour Johnie la classe ouvrière et ses luttes et qui en avait infecté Johnie de ce désir de
l'aimer, ou de la dominer avec amour, comment savoir; et
qui s'élançait maintenant dans les bras de Johnie, toute
rouge de contentement: c'était Lynda, et il fallait respecter la classe sociale dont elle était issue, Johnie pouvait la
secouer un peu, mais sans sévérité, d'un air de dolente rigueur, surtout ne pas sévir. Johnie se souvint de ce malaise qu'elle avait éprouvé en se réveillant aux côtés de Gérard, ce matin-là, n'était-ce pas auprès de Gérard qu'elle
avait renoncé à la réflexion, à la discipline, se posant avec
légèreté dans ses cheveux, la nuit — tout cela, à cause de
la dope, de ce hasch d'Amérique du Sud que Gérard ache-
tait à prix réduit dans les bars de la ville —, ce hasch dilué
qui teintait de ses roses effervescences la monotonie des
jours, jusqu'à la grisaille de l'hiver, que Johnie fût immobile dans le salon de l'Abeille, observant Gérard qui enfilait rêveusement ses souliers en plastique de la dernière
mode, ou que son attention se fixât sur un géranium hiber-
nant seul dans un pot. Puis il y avait eu l'histoire de la
casquette de Gérard: étrangement, même si nos maux se
répètent, pensait Johnie, la pointe qui nous traverse est de
plus en plus aiguë, ainsi ces minuscules faits cruels s'ins-
crivaient dans ce très grand livre que personne ne lirait
puisque Johnie, pendant qu'elle sortait la nuit avec Gérard, dansait au Club, disait toujours: «J'écrirai cela demain.» La casquette était là, souverainement présente, autant que le rasoir sur la table de chevet, et ces objets

contenaient beaucoup de pages, comme dans un livre qui
eût suinté le sang. C'était là, en même temps, si souvent,
des pages peu dignes d'être écrites, mais la mémoire
conservait longtemps, pour elle seule, ces œuvres d'art
qui, pour notre inconfort, en plus de ne servir à personne,
s'offraient à nous dans une hostile médiocrité, nous rap-
pelant combien nous étions imparfaits, car chacun de ces
tableaux de vie était un chagrin souvent inavoué, une dé-
ception, tel le souvenir du rasoir ou de la casquette.
C'était au Club: Gérard arrachait la casquette de tweed
d'une jeune inconnue qu'elle embrassait tout en rappro-
chant d'elle son visage, d'un air lent, paresseusement, et
ce frôlement qui était aussi une caresse — et surtout cet
objet, la casquette qui avait servi à abriter le baiser, la
bouche de Gérard, et le fruit rose de sa langue offerte à
une autre — cette caresse déchirait encore l'âme de Johnie. Car sous l'ombre inclinée de la casquette, il y avait
l'offrande d'une concupiscence illicite puisque Johnie
n'avait pas été invitée à la partager. Elles avaient échangé
un baiser, une étreinte et Johnie avait pensé qu'elle ne
dormirait jamais plus près d'elle, de ces flancs trop durs,
de ces joues aux pommettes saillantes. Auprès de Gérard,
on se blessait. Doudouline et l'Abeille riaient sur la piste
de danse et Gérard venait de s'avilir dans cet acte gour-
mand, cupide, d'un baiser. Et maintenant, toute l'humiliation enfouie dans cet instant d'où surgissait le baiser de
Gérard, un instant comme tant d'autres, dans son insigni-
fiance, cette même humiliation nouait la gorge de Johnie
qui revoyait Lynda descendant de la voiture d'un homme,
Lynda dont la bouche était ourlée, délicate comme la bouche de Gérard, Lynda qui avait accouru dans l'escalier
vers Johnie et qui était prête à mentir. Johnie le sentait à
ce frêle sourire de Lynda qui effleurait les larmes, elle di-

rait tout, elle disait tout, déjà, dans les bras de Johnie qui ne la repoussait pas mais dont le cou s'était allongé dans un geste de dignité: il eût fallu regarder les rainures au plafond et partager les calculs métaphysiques, souvent désespérés de l'Abeille, et déplorer en silence l'ennui que l'on pouvait ressentir à vivre sur cette terre, dans la répétition de nos malheurs, mais ce qui inquiétait Johnie c'était moins la douleur de l'ennui que cette cruauté divine qui échappait à la clairvoyance des hommes. «Johnie, il faut que tu comprennes, ce ne sera qu'une aventure, il est riche, un prince arabe... Écoute, Johnie...» Johnie écoutait les sanglots de Lynda sur ses seins plats et rudes, sans hésiter, elle prononçait ces mots pervers: «Tu as remarqué que je sortais souvent la nuit?» «Oui, avec ton frère Gérard...» «Sauf que Gérard est une femme, vois-tu», et de grosses larmes roulaient sur les joues de Lynda dont la pensée semblait soudain distraite et confuse: Johnie regardait la cendre grise de sa cigarette s'égrenant sur le tapis du salon, ce tapis était un ours blanc, l'un de ces vulgaires objets que Lynda avait choisis, comme la casquette, le rasoir; le tapis se rangeait parmi les objets d'infortune, avec la robe décolletée et le manteau de fourrure de Lynda: Lynda pleurait encore en préparant sa valise et Johnie eût aimé se rapprocher d'elle, mais elle avait l'impression de s'effriter parmi ces objets qui l'avaient vaincue, le rasoir du prince, la casquette de Gérard, parmi ces vêtements luxueux dont Lynda remplissait sa valise, n'était-elle pas en train de mourir, là, debout à la fenêtre, pendant que le ciel se gonflait de nuages, nuages gris et informes qui n'annonçaient encore que du froid et de la neige?

❑

Et alanguie dans sa vaporeuse chemise de nuit, Doudouline remuait ses pieds dans la lumière tamisée de la
lampe, ces pieds qui hantaient Polydor, car s'ils étaient
charmants, comme tout le reste de la personne de Doudouline, ces pieds qui étaient les pieds d'une fille «gaie»
subissaient sans le savoir une censure ecclésiastique qui
les retranchait de la communion des fidèles à laquelle ils
appartenaient de naissance et Doudouline, qui lisait sous
la lampe avant de se réfugier dans le sommeil, se préoccu-
pait peu de ce retranchement, de cette punition; à peine
s'était-elle endormie que ses rêves l'amèneraient dans des
lieux paradisiaques, dans des prairies, des jardins aux
éblouissantes couleurs, où elle entendrait la musique de
Gounod, paysages grandioses dont elle parlerait avec ex-
tase au réveil, comme si ce rejet de l'Église ne l'eût pas
même effleurée, pensait Polydor, quand cette chair rose
de Doudouline, ondulant sous les draps, était accablée de
la plus solennelle des condamnations. Doudouline,
l'Abeille, n'oubliaient-elles pas toutes, pensait Polydor,
sous le trait sombre de ses sourcils, cette immémoriale
censure qui les mutilait chaque jour, dans l'émancipation,
la liberté naissante de leurs corps, ces corps qui n'étaient
déjà plus les leurs, même lorsqu'elles les échangeaient in-
divisiblement les unes avec les autres comme elles le faisaient maintenant — s'assurant ainsi d'être des parties vivantes, solidaires, d'un même tout qui serait de tout temps
divisé par l'envahisseur — puisque chacun de leurs orga-
nes était avant tout la propriété d'un pontificat romain qui
promenait jusque dans leur voie utérine sa lampe de gynécologue? Il faudrait prévenir l'Abeille qu'elle était toujours accompagnée de ces témoins gênants, même lorsqu'elle se croyait seule dans un parc, saint Thomas
d'Aquin, les Pères de l'Église, l'Inquisition et ses juges —

évêques, cardinaux dans la robe écarlate du sang versé —, tous ils surveillaient ses pulsions sexuelles, partout, même dans les bras de Paula, parmi ces arômes du lit qui troublaient ses sens mêlés à la forte odeur de cigarettes que fumait Paula, jour et nuit; partout la liberté de l'Abeille et de ses semblables était compromise, sacrifiée. Mais rieuses et bavardes, les filles n'en savaient rien; lorsqu'il leur arrivait de sortir, ce n'était pas pour aller lire les théologiens, à la bibliothèque, pensait Polydor, mais pour piaffer dans ces cours pleines des déchets de l'hiver, reniflant ces premiers effluves du printemps qui feraient bientôt éclore les fleurs. Ou bien pour traîner à l'aube dans le salon enfumé de l'Abeille, où, aux heures d'évanescence, Gérard tombait assoupie sur une chaise, dans son smoking rouge. Chacune répandait, pensait Polydor, l'essence d'une chair friande, mais paisible, debout ou couchées, ces filles étaient trop raffinées pour la conquête de l'amour, l'Abeille affrontait seule ce labeur lourd de conséquences, avec Paula: lorsqu'elle revenait à la maison, c'était pour affirmer aux autres qu'elle ferait bientôt de la gravure avec Paula, avalant vite son bol de gruau sur le coin de la table bordée d'une nappe rouge, évitant de regarder le portrait de Thérèse au-dessus de Doudouline qui beurrait son pain. «Alors, on s'amuse, on sort, on oublie ses amies», disait Doudouline. Car cette auréole des cheveux de Doudouline, dans la lumière matinale — la pensée aussi que l'existence de la commune pouvait se poursuivre sans elle — aggravait le mal de l'Abeille qui cherchait ailleurs sa délivrance, que ce fût avec un chauffeur de taxi ou avec Paula et ses tubes de couleur: car secourable pour tous, Paula recueillait de la rue, parmi ses nombreuses visiteuses, les peintres affamés à qui elle enseignait le soir, comme la femme malade qu'elle invitait à se reposer, dans sa cuisine, alliant à ses dons thérapeutiques la perspicacité de sa vieille servante, madame Boudreau — madame Boudreau qui avait vu naître Paula, disait-elle, «quelqu'un qui avait sucé son pouce de façon anormale, qui longtemps avait été maigre comme une araignée et laide à faire peur, qui allait à l'école avec un coussin parce qu'elle avait des clous partout sur les fesses, son papa était bien occupé avec tous ses patients, il y en avait même qui mouraient dans son bureau en hiver, pas le temps de se rendre chez eux, ils n'avaient plus de souffle, la médecine ce n'était pas comme aujourd'hui, le pauvre homme qui était un saint essayait de la faire manger en construisant des châteaux de pommes de terre dans son assiette». L'Abeille vivait partagée entre les soins d'infirmière que lui prodiguait Paula, l'implacable logique de celle qui avait eu des boutons sur les fesses, qui allait chaque matin à l'école avec un coussin, celle qui portait déjà à cinq ans des lunettes d'acier sur son petit nez d'aigle et qui aujourd'hui disait à l'Abeille qu'elle ne savait pas peindre «une aquarelle sans faire des taches partout», et les amies de Paula, toutes ses amies, cette mansuétude de Paula qui ne résistait à personne, et qui rejetait l'Abeille à son propre effroi, comme si elle se fût retrouvée seule au fond de sa chambre, cernée à nouveau par toutes les rainures au plafond. Il y avait l'amie qui venait pour sa lessive, dans la cave, l'autre qui sonnait à la porte, tenant son affiche sur l'Art Nouveau à la main, «Quel Art Nouveau?» demandait Paula, mais par précaution, elle verrouillait toujours la porte de son salon vitré derrière elle, ce salon aux meubles anciens souvent recouverts d'une housse qui avait été jadis le bureau de médecin du père. Il y avait aussi cette jeune artiste qui avait besoin de l'approbation de Paula pour son spectacle de clown, et

cette autre, une dame distinguée à qui Paula avait offert
un whisky dans un bar élégant qu'elle seule fréquentait,
souvent une femme mariée dont la disponibilité était cour-
te entre quatre et six heures du soir et à qui Paula infligeait ses morsures fraîches sur les lèvres et le long du cou
orné de perles. L'amour était pour Paula une activité ordinaire de la vie, comme manger ou boire du vin, pensait
l'Abeille. Elle sortait de son mystérieux cabinet médical
en tirant sur la fermeture éclair de son pantalon, une cigarette pendait à sa bouche, sous la mèche errante de ses
cheveux, vite, elle peignait une fresque sur la Grèce
antique pour son décor du lendemain, ouvrant une troisième bouteille de vin blanc qu'elle buvait debout tout en
peignant, gardant parfois une main libre pour ramener
l'Abeille plus près d'elle, sur ses genoux: alors l'Abeille
qui était à la hauteur des seins de Paula pouvait percevoir
cette dilatation des narines, tel ce gonflement à la gorge
des pigeons qui roucoulent, frémissantes, sensuelles. Les
narines de Paula humaient les parfums d'un rôti dans le
four de la cuisine, comme elles convoitaient une femme:
tant de gloutonnerie plaisait à l'Abeille qui éprouvait toutefois une vague inquiétude lorsque venait son tour d'être
convoitée, humée et mastiquée par Paula: il devait y avoir
là, dans l'avidité de Paula, l'ombre d'un vice lié aux lunettes d'acier, sur le mince nez d'aigle, à la fillette de cinq
ans qui avait enfoncé dans un coussin, à l'école, ses dou-
loureuses fesses pointues, en silence, et dans une sagesse
immodérée. Aujourd'hui Paula se vengeait: elle avait
faim, pensait l'Abeille, mais imperturbable dans son énergie créatrice, elle avait peint en quelques minutes, de ses
pinceaux vigoureux, deux panneaux d'une mer méditerranéenne dans lesquels l'Abeille avait eu la sensation d'être
engloutie, car ces doigts de Paula qui avaient malaxé les

couleurs bleues et ocre, qui avaient peint le ciel bleu, les vagues étincelantes, avaient aussi pétri la nuque, les épaules de l'Abeille, réchauffé le bas de ses reins, mais curieusement, l'Abeille avait senti qu'on la séquestrait, que cet air fluide qui émanait du tableau de Paula, peu à peu, elle en était privée: elle avait revu la fillette au nez d'aigle, entendu la voix précoce qui, selon madame Boudreau qui savait tout au sujet de Paula, aurait dit le mot «chien» — «et elle ne se trompait pas, c'était un gros saint-bernard qui se promenait avec son maître, dans la rue, a-t-on déjà vu cela, un enfant qui parle avant d'apprendre à marcher?» — à un âge où d'habitude l'on se tait, et l'Abeille pensa combien elle était indigne de Paula, de l'immensité de sa force qui l'écrasait, physique ou morale, car Paula n'était pas que cet ogre assouvissant ses appétits jour et nuit, elle était aussi celle qui avait peint l'arbre noir, calciné, ce portrait d'une invisible détresse que Paula avait gravé d'elle-même, lorsqu'elle était aux Beaux-Arts à Paris, peu de temps après la guerre, gravure qui gisait là, dans la cave, parmi d'autres œuvres tout aussi belles et que d'une main sauvage Paula avait presque entièrement détruites.

❑

Et c'était l'heure où Johnie devait danser seule, sur la piste de danse, dans ce sillage d'ombres où chacune menait sa danse obstinée, entre l'aube et le matin, pensait Johnie qui attendait Lynda, immobile à la fenêtre, car qui sait, Lynda reviendrait peut-être, comme elle avait fait tant de fois, lorsqu'elle était repentante. Mais le temps passait — de longues heures moroses et sans consistance — et Lynda n'apparaissait pas, les yeux rougis par le chagrin. Par une impénétrable cruauté du destin, pensait Johnie, elle pourrait bien ne plus revenir du tout cette fois, car c'était là l'aspect insensé de l'amour, nos sentiments étaient aussi périssables que nous-mêmes. «Ingrate», murmura Johnie en allumant une cigarette, observant avec dégoût le tremblement de ses mains, «et un homme, en plus». Et à ces souliers hauts et pointus de Lynda, à ces hauts talons de Lynda chavirant sur les trottoirs glacés, s'unissait pour Johnie la pensée de l'autre chute, la seule, la vraie, la déchéance de Lynda qui avait séduit tous les hommes, le grand-père, l'oncle, le frère, le beau-frère; oui dans sa déplorable candeur, Lynda avait toujours consenti à leurs attouchements brutaux, elle y avait même trouvé son plaisir. Lynda ne ramenait-elle pas du bureau, le soir — inutile de la remettre aux études, elle ne travaillait pas, elle promettait d'étudier le droit un jour, mais ce n'était là qu'un rêve —, les odeurs lourdes d'un vêtement de laine masculin, un bouquet d'odeurs condamnables, pensait Johnie, de ces cigares qu'ils fumaient, de ces poils hirsutes qui couvraient leur musculature — Johnie se félicitait de n'aimer que les jeunes gens qui ressemblaient à des dieux et de s'en lasser avant sept heures du matin —, poisons enivrants de ces corps dressés pour saisir, déflorer Lynda. «Oh! ne te décourage pas, mon Johnie, je le finirai bien un jour mon droit criminel. En attendant, j'ai tapé à la machine toute la journée pour mon patron et je suis si fatiguée.» «Fatiguée, à seize ans», disait Johnie, incrédule. Et Lynda s'étirait aux côtés de Johnie, câline mais déjà ensommeillée. Peut-être, pensait Johnie, s'était-elle ennuyée auprès de sa prisonnière qu'elle endormait tous les soirs avant d'aller à la piste de danse du Club... Lorsqu'elle ne s'endormait pas tout de suite, Lynda ouvrait ses larges paupières, ses yeux bruns d'une pureté changeante

dans lesquels Johnie lisait une si feinte soumission: si
Lynda trompait sa confiance, à quoi bon souffrir, elle irait
chez l'Abeille où il y avait toujours Gérard, les boucles
noires de ses cheveux, des printemps printaniers avant
l'arrivée du printemps, l'Abeille, Thérèse, Doudouline,
Polydor. Tant pis, se disait Johnie, que Lynda dorme seule
dans cette attitude abandonnée, offerte à ces plaisirs
qu'elle avait connus pendant le jour! Lynda n'était-elle
pas coupable aussi d'avoir enlevé Johnie de ces bancs
d'université où elle se sentait si bien, loin de l'Autriche
qui devait être sa destination? Johnie avait dérivé avec
Lynda sur ces autoroutes d'Amérique du Nord, en vélo,
en auto-stop, pendant que filaient le ciel et les arbres, elle
avait acquis avec elle ces sciences futiles, la cartomancie,
l'astrologie, délaissant son essai, son roman, vite enfouis
dans un tiroir qu'elle n'ouvrirait que beaucoup plus tard.
Sac au dos, ce dos de Johnie qui était long, étroit et fragile, soutenant des épaules parfois voûtées, Johnie avait suivi Lynda sur les routes, jusqu'aux confins d'un monde
trop éclairé par le soleil, où, suffoquant de chaleur, elle
avait supplié Lynda de trouver «un endroit pour dormir,
une rivière pour se laver, un hôtel avec une douche...»
quand Lynda, elle, toujours pleine de ressources et de santé, rassemblait là où il n'y avait personne, sur une plage,
dans un sentier, dans un bois de roses sauvages comme
dans le désert, ce mâle troupeau — et souvent l'hôtel que
recherchait Johnie à bout de forces — dont Johnie ne pouvait concevoir le recueillement autour de Lynda, de ses
humbles tarots, ces hommes que Johnie ne voyait pas
dans le paysage brûlant, une barre de chaleur lui fendillant
les yeux, et qui accompagnaient partout Lynda. Ils étaient
vêtus d'un costume blanc, du chapeau de paille du touriste
ou à peine vêtus dans cette promiscuité des plages et des

sous-bois, ils surgissaient derrière une haie, un arbre, pa-
taugeant dans un ruisseau, puis Lynda reprenait docilement sa route avec Johnie, le feu de son regard semblait
s'être apaisé: prise par ce doute — Lynda vivait-elle de la
prostitution, de la drogue? — Johnie se résignait à l'inco-
hérence de sa destinée, à cet amour du danger dans lequel
Lynda mettait autant de saveur que de crainte, car elle ne
marchait que dans des bosquets fleurant le serpent, n'es-
caladait que des montagnes d'où auraient pu bondir de la
sentinelle des bois, la bête féroce, l'oiseau rapace, l'insec-
te venimeux. Johnie avançait sur les pierres sèches de ces
bosquets, de ces bois, elle gravissait ces montagnes où rô-
daient les fauves, pendant que son sac à dos pesait sur ses
omoplates. «Ton pauvre dos qui fait mal, je vais te frotter
ce soir», disait Lynda avec attendrissement, et dans le silence du soir, lorsqu'elles s'agenouillaient près du feu,
Johnie attendait avec impatience ce moment heureux où
les caresses de Lynda devenaient si expertes — un baume
sur ses blessures cachées, pensait-elle — pendant que les
mains de Lynda, aux ongles peints, dont les bouts, trop ef-
filés, étaient involontairement cruels, descendaient avec
une voluptueuse lenteur sur son dos meurtri.

Puis Johnie ouvrait la fenêtre, se penchait vers la rue,
heure douce, crépusculaire. Les deux étudiantes qui vivaient en face rentraient du Club à bicyclette tout en se tenant les mains de leurs doigts soudés, dans la lumière
rose, mais l'étreinte de leurs doigts, le rapprochement des
bicyclettes roulant sur l'asphalte, dans une lumière embra-
sée, plus vive en cette saison que la lumière estivale, cette
scène torturait Johnie qui n'eût pas aimé que le printemps
revînt cette année-là — moins encore ces filles riant et
chuchotant dans les poussières végétales que soulevaient

les pneus de leurs bicyclettes dans la rue. Bientôt les avions de vacances sillonneraient le ciel. Le cœur morne, Johnie assisterait à la disparition de ces impétueuses flèches d'argent à l'horizon comme les bicyclettes des étudiantes sur l'asphalte aux reflets dorés, ou le rasoir dans la chambre de Lynda, sa fuite avec un homme, il y avait dans toute cette tapisserie en mouvement qui avait déplacé des sphères, en peu de temps, dans le monde de Johnie, une conjuration d'ordre divin, pensait Johnie, comme on en voit dans les astres qui reproduisent nos malheurs, de la naissance à la mort. Oui, ce devait être ainsi que s'exprimait la volonté de Dieu, pensait Johnie, révoltée, et tout ce qui était d'ordre divin, comme la chute d'une étoile sur le toit terrestre, tranchait, rompait les vies. Même sans aucune foi, on pouvait imiter Polydor qui s'inclinait devant le joug de Dieu, parce qu'il n'y avait pas d'autres choix que d'être servile à une rigueur qui se déployait à l'écart des hommes, et comprendre que l'évolution d'une pensée, c'était cela, une malédiction en mouvement qui cassait d'un seul coup têtu la relation souvent calme, et parfois confortable, que Johnie entretenait avec elle-même. Inoffensives, soudain, les filles d'en face avaient attaché leurs bicyclettes à un arbre, elles avaient un jardin qu'elles cultiveraient cet été, elles avaient peint leur maisonnette en rose et gris avant la fin de l'hiver, et elles allaient s'aimer un an, deux ans, toute une vie, pensait Johnie, sans savoir que Dieu, en toute velléité, parce qu'il s'était mis en mouvement quelque part, venait d'abandonner Johnie à l'ironie de son destin.

Et à peine réveillée, Doudouline chantait ou racontait ses rêves, elle décrivait d'une main gracieuse et ronde qu'elle levait dans l'air sec de la chambre, ces paysages

aperçus là-bas, des arbres d'un brun foncé, d'un mauve
sombre dont la texture était riche et souple comme le velours, les étangs cristallins où elle s'était baignée, inter-
rompant prudemment son récit — elle connaissait trop
bien ce regard irrité de Polydor sous ses sourcils brous-
sailleux — pour demander du ton abrupt du matin: «Pourquoi tout ce sucre dans mon café?» Et s'achevait, pensait
Polydor — car Doudouline parlerait bientôt de la musique
qu'elle écrirait pour son opéra rock — cette incantation
aux multiples octaves de Doudouline, au réveil, trop de
sucre dans le café, trop de sirop sur les crêpes, depuis que
Doudouline était au régime, la vie était un supplice, on ne
mangeait plus normalement dans cette maison, et après
avoir raconté ses rêves païens, chanté le thème d'une
chanson qu'elle avait l'intention d'écrire, Doudouline, qui
n'avait plus droit aux gourmandises du dimanche — les
croissants chauds que lui servait Polydor au lit —, semblait déçue d'être là avec Polydor qui lisait saint Jean de
la Croix dans ce salon de l'Abeille où il faisait ou trop sec
ou trop chaud ou trop froid parce que le calorifère de la
chambre fonctionnait mal. «Tiens, je vais téléphoner à
maman pour qu'elle me prête sa voiture», s'écriait-elle
soudain et Doudouline inquiétait Polydor, une Doudouline qui deviendrait maigrichonne, pensait-elle, pour le jour
où elle chanterait à l'Animal Fabuleux — c'était le bar-
théâtre où Doudouline donnait ses concerts, guidée par sa
mère pour le jeu scénique, ne serait-elle pas une anomalie,
elle pouvait bien perdre un peu de poids comme le lui
suggérait Sophie, avec une aimable courtoisie — car Doudouline était si sensible, délicate, elle n'était touchée que
par des manifestations de bonté, de tendresse, bien que,
selon Doudouline, Sophie eût l'air trop assuré quand elle
disait cela au sujet de sa fille. Peut-être pourrait-elle com-

mander moins de pizzas par téléphone, moins de poulet
B.B.Q., cette nourriture n'était pas saine, oui un peu de
poids mais pas trop. Déjà elle ne la reconnaissait plus:
moins de sucre dans le café! Doudouline deviendrait une
ascète et une femme qui ne mange pas est une femme
sans désirs, pensait Polydor et cette Doudouline chaque
jour plus légère — c'était l'autre menace — s'envolait
déjà dans la ville à l'affût de l'Abeille qu'elle voulait ramener à la maison, dans la voiture verte de Sophie dont
elle avait ouvert le toit sur le ciel bleu, le froid enfin plus
tiède du printemps. Il y avait cette ombre, pensait Doudouline, Sophie eût assassiné sa fille ce jour-là — «Comment, tu me téléphones en pleine répétition, comme si je
n'avais pas assez de mal comme ça avec mon auteur, sais-
tu ce que c'est, travailler avec ces monstres-là, tu devrais
te souvenir de ton père, je te ferme la ligne au nez, tu es
insupportable, et tu veux encore de l'argent? Combien?
Mais tu vas me ruiner, écoute, n'oublie pas la batterie
pour ton show, ni la basse, la guitare, aussi...» Pauvre maman, elle est si nerveuse, pensait Doudouline, je ne faisais
que lui raconter mes rêves, mais comme le lui reprochait
souvent Polydor, Doudouline vouait des sentiments trop
pieux à sa mère, ce qui ne déréglait pas l'équilibre chao-
tique du monde, pensait Doudouline, car il y en avait sans
doute un malgré tout, un équilibre tenace qui persévérait à
travers les plus sombres catastrophes puisqu'elle, Doudouline, était née pour chanter — pas ce rock apocalyp-
tique qu'écoutait l'Abeille sous ses écouteurs — mais une
musique à la fois expressive et aérée voguant dans un flot
d'images dénonciatrices vers les tribulations de l'an 2000.
On ne savait pas encore qui était Doudouline, sa mère,
oui, peut-être, malgré cette contraction morose de la bouche, lorsqu'elle disait à sa fille: «Mon Dieu que tu es irri-

tante.» Ou bien: «Et l'exposition de l'Abeille, c'est pour quand? Quand finirez-vous de rêver, les filles?» Et maintenant Doudouline traversait la ville, se refrénant de rouler sur les piétons, quelques-uns de moins et l'équilibre du monde n'eût pas changé, et l'Abeille avec ses histoires d'hommes et de parcs, même si elle avait appris le judo et le karaté, on la retrouverait bien un jour dans les sacs verts des poubelles. Une tiède chaleur tombait sur la tête de Doudouline, c'était comme le jour où Sophie lui avait dit que ses cheveux étaient mal coupés, les blonds cheveux de Doudouline, «mal coupés» et ce sourire insondable de Sophie quand elle parlait des défauts de Doudouline — elle avait bien quelques qualités aussi bien sûr —, et ce frère, roi de la passivité, qui passait sa vie dans un hamac aux Antilles à fumer, à végéter, pendant que ses esclaves lui éventaient la peau, pour qui se prenait-il: Gauguin? Polydor l'avait embrassée, vigoureusement dorlotée toute la nuit, une douce chaleur réchauffait Doudouline. Si sa mère avait raison, elle avait un talent fou — mais sa mère avait-elle raison? — un talent fou, mais dans ce monde du show business rien n'était plus précaire, elle qui n'avait toujours vécu que dans des communes — communes d'artistes avec sa mère où elle avait poussé toute nue, sur les pavés comme dans les champs, selon les cycles de Sophie et le père provisoire qui se trouvait là. Aujourd'hui, la commune des filles, bien qu'elle détestât ce mot si peu moderne, la gang, c'était mieux mais avec une grand-mère française à Poitiers, ces mots étaient interdits, Doudouline, angélique superstar à douze mois à la télévision pour les savons de bébé. Dommage que sa mère eût été si ombrageuse, et ce silence brutal soudain, au téléphone ou un grincement de dents de Sophie, l'équilibre du monde, si précaire lui aussi, se maintenait

puisque Doudouline n'avait pas encore eu un accident
grave avec la voiture de Sophie, voiture qui roulait vite à
travers les piétons, son toit ouvert sur le jour éclatant,
puisqu'elle, Doudouline, vivait, respirait, aimait Polydor,
aimait.

❑

Et ce jour-là, Johnie qui aimait partir sans Lynda —
car il le fallait bien, pensait-elle, sans ses scorpions dans
les replis du sable d'Afrique, ses cigarettes de haschich,
ses insectes qu'elle écrasait dans la paume de sa main, et
l'essai de la pipe d'opium, la nuit, dans la tente d'un chasseur —, bien qu'elle fût repue aux voyages ou dégoûtée
de ces aéroports de passage où elle se tenait souvent à peine éveillée, dans la grisaille d'une aube qui ne se dissipait
pas avec l'arrivée du jour, Johnie avait transporté son
malheur si personnel — et en même temps si peu unique,
pensait-elle — sous le soleil torride d'une île anglaise:
dans cette étonnante oisiveté, elle serait peut-être inspirée,
en ces lieux du privilège où l'on bâillait dans des chaises
longues, sur la verdure, près de la mer, elle aurait enfin le
courage d'écrire, même si Radclyffe Hall, celle que son
amante avait appelée John dans l'intimité de la vie quotidienne, paraissait de plus en plus lointaine, dans la flam-
boyance de son génie, comme si elle n'eût été soudain
qu'un fantôme, pas même ce fragile John qui longtemps
avait été emprisonné avec toute l'ambivalence de ses vertus, de ses singulières qualités, dans un corps de femme et
à qui Johnie portait une tendre dévotion. Johnie touchait
du bout de ses doigts ses boucles d'oreilles duveteuses,
cadeau de Lynda qui ravivait tous ses souvenirs, car Lynda avait été aimante dans ses dons d'assemblages avec un

bout d'acier et une plume de mouette, cette Lynda qui aurait tout aussi bien pu être morte mais qui autrefois avait
paré, décoré Johnie et c'est ainsi que Johnie longeait
maintenant un terrain de golf, sans trembler, songeant à la
ruée vers l'aventure de Lynda, à son audace, poursuivant
dans son ennui une femme au short blanc qui l'avait dévi-
sagée pendant un dîner et qu'elle inviterait à un cocktail à
l'une de ces terrasses fleuries qui surplombaient la mer.
Lynda eût de préférence choisi là un homme, comme ce
vieux juge de la Californie qu'elle avait amené dans sa
chambre, mais Johnie n'aimait pas ce renversement de
toutes les valeurs éthiques qui longtemps avait été la
conduite de Lynda; la femme au short blanc, parce qu'elle
s'ennuyait elle aussi — elle avait un mari à Palm Spring,
un avion, une seconde résidence et trois chiens de race —,
convenait davantage à l'agressivité de Johnie qui trempait
dédaigneusement les lèvres dans son piña colada: il eût
été si simple de séduire la femme du millionnaire, de sus-
pendre à ses sens cette chair grassouillette et apeurée,
d'injecter la flamme dans cette graisse tranquille, mais
Johnie qui était timide se retrouva seule, dans sa chambre
d'hôtel, une carafe d'eau multipliant ses reflets dans un
miroir et dans ce verre subtil de la carafe, le soleil tout entier déclinait vers la mer. C'était si silencieux dans la
chambre, pensa Johnie, qu'elle pouvait entendre chacun
des battements de son cœur.

❑

   L'Abeille dessinait, peignait, dans cette humidité de
la pierre qui abritait les gravures de Paula, sous l'égoutte-
ment fétide d'une eau de neige qui trempait tout le sous-
sol de la maison. Elle traçait d'un trait fougueux des ora-

ges gonflés d'encre — comme si elle eût été Victor Hugo
sur son île, disait Paula, d'une voix rauque soudain vi-
brante d'émotion —, tout ce qui sortait de son imagination avec fébrilité et qu'elle tentait de s'expliquer à elle-
même, têtes déracinées dans des paysages de montagnes
et de plaines, oiseaux morts au bec ouvert, c'était là la
peinture de son isolement sur la terre, pensait-elle. Ainsi
la disparition d'un être cher laissait en nous ces images ina-
chevées, troublantes: longtemps nos âmes étaient lourdes
de ces débris de choses, d'êtres vivants qui nous avaient
quittés et dont le monde extérieur, soudain déformé, cau-
chemardeux, nous renvoyait l'image. «Mais il y a là trop
de morbidité», disait Paula de ce ton de maître qui flagel-
lait l'Abeille, «pourquoi ne pas être plus simple?» Paula
rentrait souvent du théâtre, le souffle court, aveugle à tout
ce qui l'entourait, épiant, une main sur le cœur, l'intermit-
tence de ses halètements, elle qui ne cessait de fumer, et
qui, dans un instant, lorsque sa respiration serait plus calme, recommencerait à le faire avec précipitation: la vraie
morbidité n'était-elle pas là, pensait l'Abeille, dans ces
gouffres respiratoires de Paula qui, avec sa toux et le liquide brunâtre de ses émanations, effrayaient tant
l'Abeille? «On ne peut pas vivre éternellement, et je
n'aime pas la vieillesse», disait Paula en se revêtant de sa
chemise blanche d'enfant de chœur, sa tenue pour peindre
comme pour aimer les femmes, pensait l'Abeille, et Paula
descendait, accablée de ce silence qui n'était que le sien,
menaçant, boudeur, parfois un peu sinistre, dans la fosse
lunaire de sa cave où elle manipulait ses plaques d'ocre
jaune et ses encres de nuit sous la tremblante ampoule
électrique accrochée par un fil à une poutre du plafond,
car dans cette cave, parmi ses gravures, Paula était rarement joyeuse, même si l'Abeille ne cessait de lui répéter

combien elle admirait son œuvre. «Ah! tais-toi, se plaignait Paula, tu dis cela pour me faire plaisir, comme ma
mère qui conservait toutes les critiques, dans les journaux;
je n'ai découvert cela qu'après sa mort... Tu sais bien
qu'il n'y a pas d'avenir ici pour l'art qui est encore véritable, authentique.» L'humeur de Paula ne s'égayait que
dans sa cuisine, comme au lit où elle était toujours sereine, la cuisine était le lieu sacré, rituel où Paula, avec les
coutumes que lui avait léguées sa mère, se consacrait à la
transmutation de la nourriture en fête, où l'Abeille avait le
devoir de manger, assise à son bout de table. Paula poussait sa chaise afin qu'elle n'eût pas encore l'idée de
s'échapper vers sa maison ou le Club où elle eût dansé
toute la nuit et revu Thérèse qu'elle ne devait plus revoir:
Paula sortait la nappe des grands jours, perlée, brodée de
dentelures, disait-elle, l'ouvrage de sa mère et le raffinement de ces broderies sur les draps, comme sur la lingerie
de Paula — elle qui sautait d'une allure intrépide dans sa
culotte de soie, comme si elle se préparait à monter à cheval, pensait l'Abeille — plongeait toujours Paula dans de
nostalgiques rêveries, car la mère de Paula était encore
partout vivante, dans ce débordement de délicatesses ma-
nuelles, une nappe que l'on dépliait d'un tiroir, ou un
oreiller recelant dans son dessin calqué sur les désirs de
l'enfance, un chien, un chat. Des doigts de fée avaient im-
prégné là leurs marques subtiles et généreuses, et baissant
la tête sur son potage fumant, l'Abeille pouvait sentir tout
près d'elle cette mère dont le souvenir était désormais
épuré, transcendé, une femme à qui l'on ne pouvait plus
faire aucun reproche; elle avait eu elle aussi une mère déjà
disparue, l'Abeille entendait comme dans un brouillard le
déferlement de notes à son piano, quand elle jouait
l'après-midi. Une main émaciée, presque son reflet, tour-

nait les pages du cahier de musique. Les morts étaient
avec nous, pensait l'Abeille, ils nous suppliaient de les
garder intacts dans notre mémoire pendant que nous les
effacions à mesure, et maintenant Paula parlait d'une voix
brisée de cela qui était si loin derrière elle, disait-elle, de
son passé, de ses premières expositions de gravures à Paris, de ses amis suicidés, de Gilles que l'on trouva pendu
dans une salle de cours à vingt ans, de Madeleine as-
phyxiée par son poêle à gaz, en Europe... Et l'Abeille
écoutait ce chant d'usure et de désolation qui s'élevait de
la poitrine de Paula, elle pensait aussi à Doudouline, Polydor, Johnie, à cette allègre inconscience qui semblait les
guider vers leur avenir, par instants, et c'était l'heure
trompeuse où, lorsqu'elle était encore à la maison,
l'Abeille voyait Thérèse ranger ses skis, encercler à son
cou les lacets de ses chaussures de jogging après ses as-
censions dans la montagne. Heure mensongère car Thérèse ronronnait devant sa tasse de café, comme si elle n'eût
jamais l'intention de partir, quand avec son sourire bienveillant, si compréhensif, perçait déjà pour l'Abeille ce
malaise d'une proche rupture, ce malaise qui s'exprimait
par une froide mélancolie qu'elles éprouvaient dès qu'elles étaient l'une près de l'autre, parmi ces coussins du lit
où l'Abeille venait surprendre Thérèse, le nez dans un livre — il lui arrivait de lever vers l'Abeille ce nez sta-
tuesque, mais le plus souvent Thérèse lisait ces ennuyeux
volumes de philosophie que lui rapportait Polydor de la
bibliothèque, pendant des heures, à plat ventre, creusant le
matelas de sa forme plantureuse —, mélancolie qui était
aussi dans l'air. Le chauffage était si bas dans la chambre
qu'en respirant fort, l'Abeille projetait devant elle une ha-
leine transie, et c'est alors que la contagieuse tristesse les
gagnait peu à peu et que l'Abeille racontait à Thérèse ses

visites avec Gérard dans les sex-shops — car il fallait à tout prix rehausser l'érotique vitalité de Thérèse, la choquer par ces détails impudiques — et Thérèse qui lisait Marc-Aurèle pour mieux comprendre Polydor, à quoi bon d'ailleurs chercher à comprendre quelqu'un dans cette maison poussiéreuse où les murs, le plafond, tombaient en ruine, s'écriait soudain dans une colère qui ne lui semblait que juste: «Les sex-shops, maintenant, mais quand allez-vous cesser de perdre votre temps, les filles? C'est honteux, dégradant, les sex-shops...»

❏

Paula ouvrait une autre bouteille de vin rosé et parmi ces poussières d'une autre vie, dans l'incandescente lumière du chandelier qui s'écoulait sur la nappe au-dessus de cette ligne qui séparait les cheveux de Paula, sur le sommet étroit de sa tête, l'Abeille revoyait Thérèse lui souriant avant de partir pour l'université, le matin, ses livres sous le bras, ou étendue sur le dos parmi ses coussins comme si elle eût posé pour Goya, toute nue dans cette lumière confinée des hivers dont elle émergeait, si vaste, avec, sur les lèvres, ce sourire de tendresse moqueuse que l'Abeille avait peint. L'Abeille écoutait la voix enrouée de Paula qui continuait son monologue hagard; avec ses excès de table et de vin, d'un geste minutieux, elle essuyait les commissures de sa bouche, du revers de sa main gauche, sans délier le cône de broderie encore inerte sur la table; ces empreintes de Paula, sur la blancheur de la nappe, augmentaient chez l'Abeille ce sentiment de détention qu'elle éprouvait si souvent avec Paula, ou sa neurasthénie lorsque l'Abeille se séparait des filles de la bande pendant plusieurs jours. «Tu penses encore à sortir quand je te prépare du filet mignon, disait Paula, indignée. Bon, demain soir, si tu veux...»

Dans les théâtres, comme dans les restaurants, Paula recouvrait l'élégance de ses manières, «celles de son bon papa, le docteur», disait madame Boudreau qui ne semblait jamais remarquer les doigts graisseux de sauce brune sur la nappe, «la belle éducation de votre maman qui vous défendait à vous et à vos sœurs de remuer sur votre chaise et de parler, quand nous passions les vacances tous ensemble... à l'hôtel, oui, imaginez-vous, quel luxe, à l'hôtel! et votre chère maman, qu'elle repose au paradis, votre maman qui vous aimait tant vous appelait son fils». Cette bête sauvage, carnivore, pensait l'Abeille, qui mangeait d'autres bêtes, l'agneau, le bœuf, le porc. Ils ne pouvaient paître en paix dans un pré sans que Paula, saliveuse, songeât à se nourrir d'eux. Elle était, en société, une femme dont la docilité était presque craintive, se tenant avec raideur sur sa chaise — comme on le lui avait appris dans ces hôtels, pendant les vacances d'été, au temps des lunettes d'acier sur le nez d'aigle, quand le docteur coupait la viande dans son assiette, bâtissait des cathédrales de pommes de terre pilées pour réveiller l'appétit de sa fille Paula, Paula qui était aussi le fils de sa mère, idée avec laquelle toute la famille s'était réconciliée, disait madame Boudreau. Lorsqu'elle sortait, ses cheveux scintillaient de propreté, les cheveux de Paula étaient d'un châtain sombre, rafraîchis, huilés, eût-on dit, par les rouleaux et la brosse, ils avaient dans leur chatoiement et leur élasticité, une allure si romantique, pensait l'Abeille, que l'on comprenait soudain que Paula fût d'une autre époque, qu'elle fût incapable d'aimer la musique pop, le vidéoclip, Madonna et les autres; Paula, avec les bandeaux de ses che-

veux qui couvraient ses joues, son nez long, sévère, son
menton fort, parfois vindicatif, sa voix souvent basse, ran-
cunière, Paula avait un passé: et un passé c'était le prolon-
gement de vieilles souffrances tissées dans tous les nerfs,
quand pour l'Abeille, le plaisir d'être au monde, c'était
cette course de tous les nerfs sous la peau, cette excitation
vite envenimée du sang dans les veines, que l'on aime,
que l'on danse au Club, que l'on jouisse avec imprudence
de l'instant qui passe, c'était l'avenir, si mystérieux fût-il,
qui vous attirait en avant. Un passé absent ne vous dévas-
tait pas encore et l'avenir, son bien-être c'était maintenant
pendant que l'Abeille mangeait des huîtres avec Paula,
buvait du muscadet, une Paula enfin affinée qui n'avalait
pas son œuf cru, comme à la maison, ne léchait plus le
fond de ses casseroles d'une langue douteuse et qui, se tenant maintenant droite et fière, dégustait la chair tendre,
savoureuse, de ses mollusques dans une calme lubricité.
Puis, en se penchant vers la rue — car Paula n'aimait que
les restaurants situés dans les hauteurs —, l'Abeille avait
aperçu Doudouline qui planait au-dessus des trottoirs dans
son écharpe de soie; elle gravissait d'un pas ailé les marches de l'escalier de fer en colimaçon et venait s'appuyer
contre les épaules de l'Abeille posant près d'elle, comme
pour l'embrasser, son visage rose, épanoui. Elle avait déjà
trop maigri, pensait l'Abeille, ce qui lui prêtait une so-
phistication nouvelle, presque de l'arrogance, surtout lorsqu'elle sortait dans la décapotable de sa mère. Paula regardait ces têtes ébouriffées, comment s'appelait ce genre
de coiffures? se demandait-elle. On lui dirait sans doute
que c'était cela, l'Art Nouveau, n'était-ce pas ridicule, ces
cheveux de Doudouline — et qu'en pensait sa mère? —
qui se dressaient comme des flèches tressées sur sa tête.
Pourtant l'Abeille ne semblait rien trouver d'anormal au

comportement de Doudouline. Paula regardait ces têtes si
proches maintenant, dans leur bavardage complice, on les
rencontrait donc partout ces filles de la bande. D'un seul
geste de sa main magistrale, Paula avait balayé la table,
renversé sur les pieds de l'Abeille les huîtres et le vin, oubliant, dans sa rage, sa solennelle politesse en public.
L'Art Nouveau, qu'elles essaient donc de m'en raconter,
j'étais là bien avant elles, et la mère de Doudouline aussi,
piochant son Strindberg — qui connaissait Strindberg ici?
— allant le jouer jusqu'en France. Depuis, la fréquenta-
tion des écrivains étrangers est devenue un snobisme.
Paula aspirait profondément, reprenait son souffle, et dans
tous ces dégâts Doudouline souriait d'un air impénétrable,
tenant du bout de ses doigts son écharpe de soie salie, et
Paula songeait aux magnifiques décors qu'elle avait échafaudés pour un opéra, une pièce de théâtre, et qui mouraient avant l'aube, défoncés comme des boîtes de carton
dans lesquelles on eût donné des coups de pied, pensait-
elle, le long des trottoirs pluvieux. Sa mère avait raison, le
seul art dont elle eût été digne, c'était la gravure, il y avait
toujours l'arbre noir, calciné, dans la cave, et pour Wagner, autrefois, quarante spectateurs dans la salle — aujourd'hui, bien sûr, on se flattait d'aimer Wagner, on ré-
servait ses billets des mois à l'avance — qu'elles essaient
donc de m'expliquer ce que c'est l'art, elles, avec leurs
épingles à couches qui leur servent de boucles d'oreilles,
mais Doudouline disparaissait déjà vers la rue et l'Abeille
regardait, fascinée, les dents blanches de Paula dans la
nuit, leur éclat sauvage qui l'hypnotisait bien qu'elle eût
peur soudain de celle qui mangeait des fruits de mer encore vivants, des porcs, des veaux à peine nés et des
agneaux, même en pensée déjà, ceux qui n'avaient pas encore été tués et qui broutaient dans les champs en toute in-

nocence, et sur cette île de femmes au repos, souvent seules — mais qui vivaient entre la chaise longue et la mer,
dans l'incessant cortège de serviteurs noirs, tour à tour
chauffeurs, jardiniers, masseurs.

Johnie accédait à ces échelons sociaux qui lui étaient
interdits parmi les filles de la bande — après tout, on ne
pouvait pas vivre avec elles vingt-quatre heures par jour,
elles étaient trop exigeantes, surtout Gérard depuis qu'elle
s'était lancée dans son commerce de hasch sud-américain
— et s'ouvrait pour Johnie la porte des grands hôtels, de
ces châteaux et leurs verrières où l'on rentre le soir, par
des sentiers parsemés de cailloux blancs, au bras d'une
femme mûre parfois, promenade d'une molle sensualité
que Lynda eût enveloppée de ses cajoleries, quand elle,
Johnie, se sentait si gauche auprès de celle qu'elle escor-
tait, ses sandales s'enfonçant dans la mousse de ces forêts
d'eucalyptus au bord de ces étangs où roucoulaient les cy-
gnes et les flamands roses: le jour et les heures qui précé-
daient la nuit s'écoulaient comme une convalescence,
sous le soleil jaune, dans un fauteuil d'osier dont Johnie
se soulevait à peine dans la chaleur pour fumer une cigarette, observer Marianne ou l'une ou l'autre de ces femmes mariées et richissimes, langoureusement attentives —
parce qu'elles étaient seules — à cette faiblesse dans
l'âme de Johnie qui les appelait dans l'espoir de ne pas
être entendue, car c'était la future polyglotte qui, en elle,
aimait ces plaintes enrobées de légers accents britan-
niques, de forts accents hollandais, allemands. Johnie
écoutait, capturait parfois le regard de l'une d'elles sous le
parasol qui ne les protégeait qu'à demi, elles dont les
yeux étaient à peine ouverts sous l'ombre de leurs cha-
peaux, sous cette ombre disséminée par le parasol et le

chapeau de paille, où leurs yeux bleus, verts, semblaient plissés par une énigmatique patience, elles à qui la vie avait fait toutes les offrandes et qui n'attendaient plus rien. Pourtant, Johnie traînait son corps amaigri vers les vagues — quand avec Lynda, elle eût été si saine, sur cette île, pensait-elle — mais il valait sans doute mieux dépérir paisiblement, dans une déliquescence un peu lâche, un peu ivre, celle de cette île, de ce bain de fades délices où les fautes de mollesse — de paresse, eût dit Thérèse, que vous vous leviez le matin ou vous couchiez à la même heure, vous êtes toujours aussi languissantes et fatiguées, et des cernes sous les yeux — de Johnie n'en étaient que plus lourdes: peut-être espérait-elle, en ne dormant pas seule, remplacer le fantôme de Lynda sur l'oreiller vide, dans ce lit, là-bas, au loin où Johnie l'avait vue plus souvent camper que dormir, assise à l'indienne avec ses cigarettes, ses sandwichs, des sous-marins qu'elle croquait à moitié, qu'elle éparpillait ensuite parmi les cendres corrosives de ses cigarettes de hasch; mais il y avait eu tant de clarté dans ce désordre quand ici l'ordre était d'une clarté trouble, n'était-il pas évident, malgré le soleil, que Johnie n'appartenait pas à ce monde de femmes dont la respectabilité, quoi qu'elles fassent, demeurait préservée, incorruptiblement intacte. Tout n'était donc que mensonges, cet air qu'elle respirait, trop grisant pour son mal, cette mer chaude et rutilante qui passait comme une vague de froid sur sa maigreur: celles dont les yeux étaient des diamants bleus ou verts, sous leur parasol, pourraient bien transformer leurs regards en lames dures et luisantes car Johnie n'avait, parmi elles, toutes capables de la trahir, aucune protection. Lynda avait enlacé sa taille trop frêle, Gérard avait caché son visage sous l'épaisseur des boucles de cheveux, contre l'ossature imparfaite de

son dos, mais sur cette île on ne verrait que son cou exa-
gérément long, l'inquiète courbature des épaules quand le
corps a grandi trop vite; Johnie touchait son ventre nu, là
où si souvent se réfugiait la tête de Lynda, et soudain, aucune invasion espiègle, dans ce lit, que ce ventre d'une
fille blanche anémiée au soleil, un espace creux qui rappelait le ventre de Gérard lorsqu'elle arpentait les corridors
chez l'Abeille, d'une nudité si solitaire, soudain, dans la
blancheur de l'hiver qui sévissait dehors et qui répandait
sur Gérard, debout à la fenêtre et soulevant les pans de
son t-shirt Mickey Mouse, dans son oisiveté, une pâle lumière, d'un ton vert délavé, lorsqu'elle tombait sur ses
joues. Les oiseaux des sables, ceux qui avaient survécu à
toutes les tempêtes, pouvaient encore ressembler à Johnie
si elle s'identifiait au monde animal, eux aussi étaient
longs sur pattes, ils avaient l'échine courbée et Dieu les
avait accablés en naissant d'une extrême délicatesse qui
était celle de Johnie dans ses rapports avec la terre. Dans
leur infinie petitesse, ils étaient toutefois bien robustes,
puisqu'ils survivaient, le bec enfoui dans les algues, de retour d'un ouragan, d'une tempête, ils rechutaient sur le
miroir de l'eau et Dieu qui les aimait, pour leur soumission, leur inaltérable obéissance aux lois de sa création,
les avait gonflés d'une force prodigieuse — alors, pourquoi, elle, Johnie, ne se soumettait-elle pas à la rigueur de
son destin, comme ces humbles créatures? Plus tôt, en dé-
barquant sur l'île, Johnie avait vécu dans des cabanes de
la brousse, comme si elle eût été encore aux côtés de Lynda, et prête à l'aventure, mais loin de Lynda, elle s'étio-
lait, négligeant de manger et de dormir, pendant que le feu
s'étendait sur la mer; un matin, deux servantes noires
l'avaient chassée, secouant ces draps, ces oreillers, ce matelas trempé d'une sueur âcre, dans lesquels Johnie com-

mençait à moisir d'humidité. Mais dans ce coin privilégié
de l'île, on l'appréciait: elle était un objet de convoitise
pour ces femmes qui sentaient en elles quelque incendiai-
re ambiguïté qu'elles n'eussent jamais osé exprimer à
leurs maris, leurs amants, mais qu'elles exposaient ici à
l'air brûlant, avec l'abandon de ces défenses, de ces préjugés dont elles eussent été chez elles, dans leurs demeures,
de sévères gardiennes. Dans une île où il y avait tous ces
Noirs, Johnie n'aurait-elle pas elle aussi le droit d'exister?
Dommage que la vie lui eût semblé si vaine. Puis son regard s'arrêtait à l'un de ces gisants de l'eau, venu, comme
elle, d'ailleurs; dorloté par les vagues, l'homme au maillot
jaune, à carreaux rouges, plantait sa tête dans le sable, ré-
chauffant avec son corps échoué là, inerte pendant de longues heures, ce glacier nordique que chacun transporte
avec soi en hiver, dans ces antres sablonneuses, songeait
Johnie, soudain inclinée à la clémence devant tant de sim-
plicité. «Que Lynda revienne et je lui pardonnerai tout»,
pensait-elle, dans les reflets vifs de l'eau, dans cette mer
qui était son étau, depuis quelques semaines, d'où Johnie
ne parvenait ni à rentrer ni à sortir tant elle était faible
mais où elle pouvait toucher le temps, ce temps d'une nullité concrète entre l'eau et le ciel et la permanence de leur
lumière, tout ce temps pendant lequel Johnie s'affairait à
une sombre passivité, assommée pourtant par chaque seconde comme par une éternité de courage et d'endurance.
Elle était là, ne lisant aucun livre, n'écrivant pas à ses
amies, mais comme l'homme immobile dans le sable et
que les eaux rongeaient un peu plus chaque jour, le temps
l'entraînait elle aussi à toute allure vers sa mort, avec le
touriste assoupi et son gros nez rouge plongé dans les
grains de sable. Puis à cet instant, un yacht franchissait de
hautes écumes à une course folle et Johnie vit une fille,

très jeune, qui riait à demi nue dans un groupe de garçons:
c'était un rire enjoué, indifférent à toutes ces calamités
dont l'âme de Johnie était pleine, c'était le rire de Lynda,
l'apparition de sa poitrine brune et dénudée, dans un tableau qui chevauchait la mer dans un sillage d'argent et
Johnie tremblait de la sentir si proche, bien que cette
étroite figure vite dissipée dans une brume bleue ne fût
pas Lynda et que le rire strident qui avait jailli de ces
dents si blanches de Lynda ne fût pas le sien, plus viscé-
ral, pensait Johnie, mais dans cette éternité de l'île où toutes les secondes étaient substantielles de douleur, Johnie
avait repris Lynda à ses côtés, dans un bateau de plaisance
en Grèce, renoué avec ce visage en fuite dans l'odeur marine et le vent, elle avait entendu la limpidité de ce rire de
Lynda, Lynda l'ouvrière se terrant dans l'ombre d'une
boutique, chez sa mère, son enfant toussoteuse et citadine
qu'elle avait un jour amenée si loin dans des pays de soleil, et dont le rire, dans ce bateau, avait été l'éruption
d'une joie toute pure. Puis Johnie s'était brusquement
tournée vers le rivage d'où une voix de femme sifflait son
caniche et «le boy» qui lui apportait une vodka orange sur
un plateau et bien que Johnie fût consciente que ce sifflement s'adressait aussi à elle, car Marianne l'avait déjà invitée à ses jeux de langueur avec les hommes, avant ses
sorties du soir, ne voyant d'elle qu'un sourire dissimulé
sous le chapeau à large bord, à l'ombre du parasol, Johnie
se méprisa de fréquenter une femme d'une race aussi
puissante, même s'il y avait dans ce personnage un peu
hautain, une subtile analogie avec Virginia Woolf qui
l'avait d'abord séduite. Elle avait regardé Marianne dont
la tête se penchait noblement vers elle, lorsqu'elle était à
ses pieds — mais c'était peut-être là, pensait Johnie, une
position de servilité qui plaisait à une femme comme Ma-

rianne —, reconnaissant cette forme élancée des phrases
qui la charmait lorsqu'elle lisait un livre, l'élégance d'un
langage qui semblait sortir droit de la littérature, lorsque
Marianne parlait, et soudain, cette voix qui avait envoûté
Johnie pendant des heures, cette voix de Marianne qui
n'était pas Virginia Woolf mais qui évoquait les personnages de son œuvre, avait émis un sifflement, un com-
mandement taquin qui invitait Johnie aux caresses de fin
d'après-midi, près de la piscine: Dieu était donc rentré
dans la vie de Johnie, avec le départ de Lynda, même si
Johnie ne croyait pas en Dieu, n'y pensait jamais, mais
Dieu apparaissait quand il y avait un dérangement ou un
malheur. C'était là un signe et puisqu'une divinité obscure se mêlait outrageusement à sa vie, Johnie voulait savoir
jusqu'à quel abaissement on l'entraînerait, mais peut-être
n'allait-elle connaître encore que les morsures de la honte
et la tiède souffrance du dégoût, ce dégoût rampait en elle
lorsqu'elle étendait ses mains pacificatrices enduites de
crème solaire sur le dos des amies de Marianne, près de la
piscine: il lui semblait qu'un rang de naufragées rêvaient
béatement sur leurs barques de caoutchouc et que la satis-
faite quiétude de ces corps eût mérité d'être punie, tant
chacune de ces têtes aristocratiques au bout de ces dos
couchés songeait peu au choc de sa propre mortalité. Une
mèche de cheveux gris collée par la transpiration à la
nuque de l'une d'elles, sous les bandelettes de la serviette
de bain, rendait ce dégoût plus malfaisant encore, car Johnie pensait qu'elle pourrait devenir elle aussi, un jour,
l'une de ces femmes ayant perdu tous les attraits de la jeunesse et s'échauffant ainsi en un dernier été lascif en hiver. Elle se reprochait aussi l'hébétude de ces liens charnels épars qui n'avaient aucune réalité avec sa vie. En vivant dans la clandestinité ce qui n'était pas clandestin

pour elle et qu'elle avait eu l'habitude de vivre au grand
jour, ne trompait-elle pas les filles de la bande, leur nette-
té, leur franchise, avec ses mensonges et son hypocrisie?
L'Abeille lui eût sans doute dit que ses affinités littéraires
n'étaient que des leurres, que sous cette histoire de res-
semblance avec Virginia Woolf, c'était le prix d'un parfum senti un soir sur la nuque de Marianne ou dans les
plis de ses chemisiers de soie, pendant que Johnie fourra-
geait dans ses tiroirs, dont Johnie s'était infatuée, comme
si elle eût encore été émue, dans sa décadence native, celle de la classe sociale à laquelle elle appartenait, par la richesse et l'argent: non, ici, elle perdait son âme, lui eût dit
Doudouline qui ne vivait que pour la musique. Soudain,
Johnie se séparait de Marianne, comme si elle eût été sa
captive. De la cabine téléphonique où elle voyait le soleil
couchant sur la mer, elle attendait, défaillante, la voix, le
souffle de Lynda: la porte de la cabine était ouverte, Johnie respirait l'odeur entêtée de l'acacia, ce qui lui rappelait avec tristesse qu'elle avait trop bu de ce cocktail au
rhum, la veille, avec Marianne. N'était-elle pas tombée
dans un buisson d'acacias pour être recueillie ensuite
contre la poitrine de Marianne qui avait ri, dans son costume blanc? D'ailleurs, elle buvait trop, comme le lui avait
souvent dit Thérèse: «Si on te téléphone à dix heures du
matin, on peut entendre sonner les glaçons dans ton verre.» Et maintenant, lasse de ces mêmes ivresses, Johnie
attendait que vienne à son oreille la voix de la raison qui
traverserait les océans pour lui dire que son monde n'était
plus à la dérive, qu'on l'attendait à la maison, mais elle
entendit seulement cette voix de Lynda qui avait perdu
tout le charme de son insolence dans ce message neutrali-
sé qu'elle prononçait mécaniquement, comme Johnie le
lui avait appris afin qu'elle «ne fût pas trop enjôleuse,

même au téléphone», cette voix dont elle avait elle-même châtré le lyrisme et qui bafouillait ce message: «Vous êtes bien, oui, chez Johnie et Lynda. Nous sommes absentes de la maison... Au son du timbre... Oui, vous êtes bien chez Johnie et Lynda...» Ce murmure avait agité l'air, Johnie et Lynda, Lynda et Johnie — oui, elles étaient sorties mais rentreraient bientôt et on entendait la course, l'impatience des pas de Lynda dans l'escalier de bois de l'appartement, l'escalade si distincte des souliers aux talons pointus de Lynda. Ce n'était donc qu'un murmure annonçant plus que l'absence de Johnie et de Lynda, mais aussi leur disparition puisque ni l'une ni l'autre n'étaient là, dans ce foyer où elles avaient été si unies alors que seule une communication téléphonique embrouillait encore leurs destins. Ce murmure de Lynda qui ne parlait à personne, comme le rire de la fille au torse nu, dans son yacht, pensait Johnie, avait remué l'air comme un cyclone, et sans doute était-ce par caprice divin, bien que Johnie se sentît si oppressée, le temps de ce long silence qui avait suivi le message de Lynda au téléphone, l'air, malgré tout, le ciel, l'eau bleue, que tout fût inexorablement léger autour d'elle, les héros du ski aquatique volant encore dans ce ciel, happés par la corde d'un ballon multicolore, suivant leur tracé dans l'azur, avec les oiseaux et les avions, comme si la douleur de vivre et d'aimer eût été une affaire d'un autre monde, ce qu'elle était peut-être, pensait Johnie, se souvenant brusquement du rasoir sur la table de chevet, dans la chambre qu'elle partageait avec Lynda, du tapis blanc à tête d'ours sur lequel elle avait jeté les cendres de sa cigarette avec mépris, de cet objet ancien, mais dont la cruauté semblait toute neuve dans sa mémoire: la casquette de Gérard. Chacun de ces météores venu d'une autre planète, avec sa démesure d'afflictions

et de ténèbres, ne chassait-il pas toute la lumière de l'île?
Mais l'air était délicieux, un orchestre de jeunes gens
jouait une musique calypso, sous les arbres, et Virginia
Woolf marchait vers Johnie, un livre à la main, car à cet
instant, c'était bien elle que guidaient dans la nuit d'eau et
de braises des esprits supérieurs, c'était elle et son chapeau à large bord dans la lumière diffuse, et oubliant sa
froideur, Johnie accourut vers Marianne et d'un geste
dont elle éprouva toute la maladresse — on ne voyait cela
que dans les films, et encore, avec les hommes —, elle
s'inclina vers elle et lui baisa la main. Toutefois, bien
qu'il y eût tous ces cyclones dans l'air, la phosphorescen-
ce et l'agilité de l'île semblaient immuables; trois glaçons
s'effondraient dans le verre de vodka que Marianne tenait
à la main, cela seulement avait bougé, tressailli, avec une
petite chatte brune que l'on avait vue rejaillir de la verdure
où elle avait dormi tout le jour, pour attaquer une mouette
dont, d'une seule morsure de faim, elle avait arrêté le
cœur de battre et arraché les ailes: Marianne avait déposé
son livre sur la table de marbre blanc, les pages du livre
tournaient seules dans le vent chaud du soir, de sa voix à
la mélodie étrangère, elle parlait à Johnie qui l'écoutait,
soudain impressionnée par le raffinement de tous ses gestes — même lorsqu'elle ne faisait que porter une main à
ses yeux pour les protéger du soleil qui déclinait sur la
mer —, de ces périodes, dans la vie d'un philosophe, d'un
artiste, où l'inspiration avait été stérile, où longtemps «il
ne s'était rien passé de vivant». On eût dit, à l'entendre
pénétrer la détresse du génie avec finesse — elle parlait
de Schopenhauer dont elle lisait la biographie —, qu'elle
avait vécu dans l'intimité du sombre philosophe, pensait
Johnie. Par quelle intuition diabolique Marianne abordait-
elle ce sujet, à ce moment précis, pendant cette période où

la vie de Johnie n'était ni inspirée ni bonne, où un néant imperturbable s'était installé? Les trois glaçons avaient fondu au fond du verre d'où émanait une sueur perlée, la chatte brune avait disparu avec sa proie sanglante, dans les taillis et Johnie se dit qu'elle avait sans doute mal jugé Marianne, sans doute l'avait-elle confondue trop vite au groupe frivole de ses compagnes, à leur oisiveté comparable à un délit, qu'elles rôtissent au soleil tout le jour, jouent au tennis ou au golf, exhibant leur puérile culotte blanche. Marianne devait être une femme bien singulière, sous des apparences sèches et hautaines, pour se plaire en compagnie de Johnie qui, elle, n'avait pas lu Schopenhauer: et Marianne n'était peut-être pas si hautaine puisqu'il lui arrivait de se promener sur la plage, au bras de son chauffeur noir, de visiter sa famille à qui elle apportait des cadeaux comme si elle eût été depuis longtemps familière de l'île, consciencieuse des devoirs du privilège. Pourtant, lorsqu'un serviteur venait la masser, le matin, Johnie, tout en contemplant le long corps musclé, encore juvénile, de Marianne sur la table de massage, nu et presque sans mouvement, comme s'il eût été dénué de sa vie, dans sa majesté rose et cuivrée, Johnie se méfiait de ces noces étranges où de la friction la plus prudente les beaux doigts serviles, moulant la chair comme une cire, eussent pu passer à l'incision du massacre, surtout lorsque ces doigts du masseur parcouraient en rêvant les lignes du cou et de la nuque: Marianne, qui avait été somnolente, se réveillait soudain, dans une plainte vive: «Vous me faites mal», disait-elle doucement, et soudain elle répétait ces paroles à Johnie: «Pourquoi parlez-vous sans cesse de partir bientôt? Je ne puis converser intelligemment qu'avec vous, ici... Vous me faites mal...» Ou bien, disait-elle d'une voix dont elle avait contenu le chagrin: «Vous me ferez mal. À votre âge, on ne sait pas ce que l'on fait...» Mais Marianne parlait maintenant de Schopenhauer, sa culture était immense, pensait Johnie, puisqu'elle possédait plusieurs galeries de peinture à New York, sa culture et sa richesse, quand Johnie, elle, ne possédait rien, à part cette carte de crédit de son père dont elle n'avait que trop abusé, déjà, et elle était si peu instruite, dans son désœuvrement avec les filles de la bande, qu'elle n'avait pas encore lu Schopenhauer, moins encore, elle n'avait pas fait une seule des découvertes du philosophe, à part son pessimisme. Elle était de ces êtres «pour qui, pendant de longues périodes de temps, il ne se passait rien», et cette pensée lui parut si insupportable qu'elle annonça encore une fois abruptement à Marianne qu'elle devait revenir, qu'une amie l'attendait avec inquiétude à la maison, et à mesure qu'elle s'emportait ainsi dans de faux espoirs, si les yeux clairs de Marianne s'assombrissaient sous le chapeau à large bord — «mais non, vous ne repartirez pas, lui dit Marianne, mais non, je vous garderai» —, les yeux de Johnie brillaient d'un éclat humide, car que Marianne, dans l'éducation précieuse qu'elle avait reçue, eût voulu la faire réfléchir, avec Schopenhauer, réhabiliter sa paresse, Johnie avait senti comme irréparable le poids de ces jours où longtemps, seule, ou avec les filles de la bande, longtemps même si on avançait vers la mort chaque jour, il ne se passait rien, il ne se passait rien.

❑

Et maintenant Gérard se penchait vers la lumière bleue, au-dessus des lueurs que diffusaient les bougies dans les verres, elle regardait ses aînées qui se couvraient les narines d'une main — celles qui, comme elle, avaient

travaillé toute la nuit au Club — et pour qui commençait
déjà la cérémonie du reniflement discret, de l'aspiration
presque silencieuse de la poudre étalée sur du papier à cigarettes, et même si ce rite lui était peu habituel —
n'avait-elle pas fumé que du hasch avec les filles de la
bande, et depuis qu'elle en vendait, pensait-elle, cela ne
lui suffisait plus —, elle leur montrerait à toutes de quoi
elle était capable, et elle frissonnait des pieds à la tête
pendant que ses joues rosissaient légèrement sous les boucles noires de ses cheveux. Polydor, Doudouline dormaient sans doute à cette heure-là; quant à l'Abeille, elle
n'était pas là pour affliger Gérard de ses remontrances —
«Comment, tu sniffes de la coke, Gérard, avant c'étaient
les pilules pour dormir, d'autres pour te réveiller, du
speed, et demain qu'est-ce que ce sera, tu vas te shooter
du poison dans les veines?» Et Johnie avait fui sur ses îles
lointaines, pour une femme, sans doute, comme cela lui
arrivait souvent, et plutôt que de ronchonner sur son lit
solitaire ou de lancer ses souliers de plastique contre le
mur, Gérard pensait qu'il était temps pour elle de s'initier
aux dures expériences de la vie, de sortir de la chrysalide
de tout son être rêveur et endormi, rude papillon qui se
brûlerait vite à cette flamme, la drogue — d'autres avaient
commencé plus tôt à l'école, parmi ses amis, pensait-elle,
avec les champignons, le LSD, il était temps qu'on la res-
pecte et ces autres filles du bar, même parmi les plus jeunes, étaient toutes sur la coke — mais c'est à peine si on
remarquait Gérard, car les filles ne disaient rien, dans leur
attente concentrée — et Gérard eût aimé entendre combien elle était courageuse puisqu'elle prenait le risque de
s'initier à un clan qui lui semblait redoutable —, inclinant
lourdement leurs têtes en avant, au-dessus de la lumière
bleutée, pendant que s'éteignaient peu à peu les bougies

dans les verres. Gérard se demandait si elles éprouvaient, comme elle, ces ondes fugaces dans leur cerveau, l'affolement et la joie de toutes les cellules du corps animées, réchauffées, la panique de sentir que cela arrivait enfin, que la chrysalide était déchirée dans une secrète explosion de l'univers — cet univers qui ne faisait qu'exploser à chaque seconde, de toute façon, pensait Gérard, la planète se consumait seule avec ses trous de feu, ses guerres larvées ou géantes, un peu partout, et bientôt nous n'aurions pas même assez d'eau pour vivre tant la terre avait été brûlée, ne laissant parmi les cendres des champs stériles que ces ombres d'hommes, de femmes, d'enfants que décimait peu à peu cette autre guerre, la famine. Qui était Gérard et son explosion nerveuse, euphorisante, dans cette massive conflagration où ne resteraient que des débris? Un jardin vert, un lac isolé, de beaux souvenirs d'enfance et tout autour, ces cendres à perte de vue comme sur ces champs stériles que survolaient les ombres des morts, ou de ces squelettiques vivants qui seraient bientôt des cadavres, leur face émaciée, contre le sol, leur regard vitreux se figeant sous leurs paupières, dans le bourdonnement des mouches, contre le ciel blanc et vide, pensait Gérard, se demandant si ce n'était pas la raison pour laquelle elle était si hostile à la lumière du jour, cette lumière, qui, chaude ou froide, assistait à tous les désastres. Elle n'avait pas vu le printemps, moins encore l'été dont la lumière vive transperçait la chair à midi — elle suppliait Doudouline et Polydor de lui laisser fermer les rideaux et les stores jusqu'au soir — mais en été, la lumière fureteuse se glissait partout, sur les draps, les lits défaits: recroquevillée dans cet indécent flot de lumière souvent sale, dans les villes, Gérard s'étonnait qu'on pût vivre dans cet air diurne où tout était transparent et laid, où les visages pre-

naient des teintes livides, dans les rues. Il y avait toujours
ce couple uni, Doudouline et Polydor, mais avec la fuite
de Johnie — et la pensée de toutes ces aventures qu'elle
pourrait vivre au loin —, Gérard n'aimait pas les couples,
cet été-là, leurs fusions épidermiques la gênaient presque
autant que le soleil, car Doudouline, Polydor allaient par
deux au grand air, chez Sophie, elles nageaient à deux,
dans son lac, se promenaient à deux dans son voilier et la
constance de ce double en tout — l'amour, le sport,
l'amour, que cela énervait Gérard de voir autour d'elle
cette double et criarde vitalité quand elle en avait si peu
— absorbait toute l'énergie de Gérard qui, délaissée,
s'amenuisait seule dans l'appartement de l'Abeille. Lorsqu'elle se levait, à la fin du jour, c'était au milieu des cigarettes écrasées dans les cendriers, les blondes aigreurs
de la bière au fond des bouteilles et des verres — on ne
lavait plus la vaisselle depuis le départ de Thérèse, moins
encore ses vêtements que l'on empilait dans des sacs
noirs, dans le corridor, jusqu'à ce que Polydor se mette à
hurler et que Doudouline la calme en disant de sa voix
chantante: «Mais quelle agitation, mon Dieu, quelle agitation, pour si peu, on finira bien par faire un lavage, l'un
de ces jours» — dans ce salon jadis si propre de l'Abeille
où régnait encore Thérèse, avec ses chaussures de jogging
ou ses skis, Thérèse incarnée et présente, pensait Gérard,
pas seulement son fantôme dans un tableau, même si elle
avait eu la gentillesse de sourire pendant qu'on la peignait. C'est en regardant ce tableau qu'une vraie personne
avait déserté, devant ce silence, dans le salon de l'Abeille
que Gérard pensait à ce ciel blanc et vide du Soudan, à
ces pâles fantômes tués par la faim, errant encore sur les
cendres, car c'était cela, Gérard entendait rugir le silence,
un rugissement qui venait des murs, des chambres que

l'on avait quittées hâtivement, deux à deux; des sous-
vêtements, des bas étaient encore emmêlés sous les lits, et
toujours ces objets apparaissaient, à deux, dans leurs en-
tortillements, la fusion de leurs tiges de laine ou de coton.
Ce n'était plus comme au temps où l'on entendait le gri-
gnotement de la plume de Johnie sur le papier, même si
Gérard détestait cette écriture — l'écriture et ses obsta-
cles, la solitude que cela exigeait, la discipline, la santé
pour Johnie — car à peine Johnie se penchait-elle vers ses
feuillets, ses cahiers, que l'écrivain, en elle, s'assombris-
sait, se métamorphosait en un être taciturne et morose,
pensait Gérard. Qu'y avait-il là de si douloureusement
inaccessible? C'était l'heure où, dans la pénombre,
Gérard entendait des voix et voyait des formes incongrues
sur les murs et dans les plis des rideaux: l'heure du tremblement et de la peur, pensait-elle — comme pour l'heure
du manque — et pendant ce temps Doudouline et Polydor
chambardaient le paisible paysage de Sophie avec leurs
chargements de tentes et de sacs de couchage — Sophie
veillait à ce qu'elles n'envahissent pas son chalet, car
elles dérangeaient tout, disait-elle, ses cuillères, ses four-
chettes d'argent, jusqu'à ses crèmes de maquillage qu'on
lui vidait, et on entendait ses cris jusqu'au fond de la
forêt, quand elle se fâchait avec les filles, pensait Gérard.
Doudouline marchait en avant, avec ses rondeurs volup-
tueuses — et quelle pitié, pensait Polydor, Doudouline
maigrissait à vue d'œil —, ondulant sous la tunique de
soie, se plaignant encore de la raideur des collines et des
montagnes. Polydor grimpait derrière elle les côtes et les
sentiers, car Doudouline, telle une reine qui ne porte
qu'elle-même, lui avait encore cette fois confié toutes les
provisions, et la sueur coulait sur le visage effilé de Polydor, sous la touffe de ses cheveux, les traits noirs de ses

sourcils, pendant qu'elle se demandait pourquoi saint Jean
de la Croix avait tant aimé le Christ qui n'était pas un
homme serein puisqu'il devait tant souffrir pour le salut
des hommes. On ne pouvait aimer que dans la sérénité,
autrement on s'égarait comme saint Jean de la Croix.
Pourquoi Doudouline se délectait-elle tant, dans ses rêves,
la nuit, des herbes, de la mousse des bois, quand ici, dans
cette forêt, loin de l'aride spiritualité de ses nuits, quand,
bien éveillée, elle poussait des cris si une épine frôlait son
pied rose et tendre? Ce pied que Polydor ne pouvait pas
embrasser ou serrer un peu fort dans sa main — cette pensée la ramenait à saint Jean de la Croix, à sa sensualité
liée à un tourment, le visage du Christ — sans entendre
ces vagissements doux de Doudouline dont la peau fré-
missante était si vite froissée comme ses tuniques et ses
chemises de nuit, et cette Abeille dépravée qui s'était enfuie avec Paula au Mexique et qui aurait pu escalader les
temples mayas du Yucatan, assise sur les épaules de Paula, laissant pendre ses jambes sur ses seins, tant de loin,
elle semblait minuscule, tels ces enfants que transpor-
taient les touristes dans une ascension lente qui ressemblait à une offrande de la fragilité aux dieux de la pierre:
l'Abeille quitterait Paula, à son retour, avait-elle écrit sur
une carte postale à Polydor. Quelle plongée en enfer, une
fanatique qui la battait, pensait Polydor. L'Abeille eût
mieux fait de poursuivre son voyage dans sa chambre, la
tête sur l'oreiller, guettant le fourmillement des rainures
au plafond; qui sait quand elle reviendrait maintenant?
Comme Johnie qu'une promenade vers l'océan avait
immobilisée sur un quai et qui remuait à peine, affaissée
dans une inconfortable chaise de bois qui était celle d'un
bar ouvert sous le ciel avec ses tables et ses chaises, et
l'impressionnant décor voguant vers l'éternité, Johnie

s'était arrêtée devant le ciel et seul volait le col de son imperméable dans l'air chaud, gonflé d'orages et brillait au bout de ses doigts le point rouge et blanc de sa cigarette. Un fastueux paquebot tanguait sur l'eau verte peu de temps avant de couper les vagues vers le large: son lettrage moiré brasillait comme la mer au soleil, c'était le Grand Mudder qui, pour une somme fabuleuse, transporterait jusqu'à New Orleans sa cargaison: quelques hommes, quelques femmes d'une quelconque lignée princière qui attendaient d'un air morne sur le quai, dans leurs chaussures vernies et leurs pantalons de flanelle grise sous la veste bleu marine aux boutons dorés, image d'une feinte naïveté qui faisait d'eux d'éternels monarques universitaires qui n'eussent jamais étudié tant ils semblaient nés pour une vie de luxe, s'écoulant en toute vacuité, mais une vacuité splendide. Comme Johnie qui, elle aussi, ne faisait rien, pensait-elle, mais qui ne roulerait pas ce soir dans les plis de ce navire sur l'eau, jouissant de ses vastes appartements, dans cette cité hors du temps où chacun avait pour soi son théâtre, sa chapelle et le calme d'une mer soudain monstrueuse qui aurait pu engloutir dans ses flots tout cet or et la pompe de tant de vanités. Debout, tout près dans les cordages, pendant que les marins en short blanc lavaient énergiquement les panneaux de la cale, trois junkies en haillons dont les visages tremblaient dans l'air comme trois taches brunes, car on pouvait vite signaler l'indiscrétion de leur présence et les chasser — ce que le commandant qui les vit, dans un geste de condescendance, ne fit pas, toisant plutôt, du haut de sa cabine, les trois garçons et les taches brunes de leurs visages dérivant sans regard —, ankylosés dans les cordages, ils se balançaient avec gravité au-dessus des eaux. Un adolescent dont les cheveux se dressaient sur sa tête comme un bouquet de paille brûlée et qui attirait les pélicans avec les déchets de poissons de sa modeste barque de pêche — ceux-ci venaient se nicher sur ses épaules, lui frottant la joue de leurs ailes de carnassiers —, hélait de joyeuses injures aux marins du paquebot qui étaient ses amis. «Hé, les gars du Grand Mudder, Mother Fucker, quand viendrez-vous pêcher le thon à cinq dollars par jour?» Sans doute, par déférence pour le commandant qui était toujours debout devant sa cabine, les marins ne répondaient que par un sourire aux moqueries du garçon qui ployait, sous ses pélicans, vers le fond de sa barque où il y avait trop d'eau, et qui s'ébrouait en riant dans ce sourire qui illuminait les jeunes gens, dans leurs travaux de ménagères, sur le paquebot. Johnie avait senti que s'exprimait pourtant la mélancolie de l'exil, et à nouveau elle avait pensé à cette impérative main de Dieu qui l'avait sans doute clouée là — ou toute autre divinité inconnue — dans sa chaise de bois, avec eux tous, les trois junkies, dans leurs cordages, le pêcheur sous ses pélicans, victime, elle aussi, de cette douce asphyxie du jour, elle avait perdu tout élan vital, comme lorsqu'elle posait sa main sur le dos de Marianne, pendant ces heures d'un recueillement où il ne se passait rien, sinon l'attente d'un bien-être aigu, souverain, qui était le but de l'amour, dont elle serait bientôt submergée. Et soudain, lorsque les bras de Marianne se refermaient sur elle, Johnie pensait à Gérard qu'elle avait si souvent effleurée de sa tendresse, dans un lit — effleurée, car Gérard se relevait vite pour absorber ses médicaments, elle devait bien en consommer à chaque heure, dans la salle de bains — et Thérèse n'était plus là pour les jeter à mesure dans les toilettes, et cette phrase de Thérèse qui semblait soudain si dure: «Ah!... les filles, j'en ai assez de toujours prendre des décisions pour vous!

Je m'en vais, vous prendrez peut-être plus soin de vous-mêmes, sans moi!» Gérard, qui, si elle venait à disparaî-tre, ne laisserait pas plus de traces que ces serpents de mer des Philippines et du Pérou dont la vie s'éteignait dans la noirceur des mers, sous des couches d'émeraudes et de corail, après leurs noces, dans une lumière qu'ils ne pou-vaient supporter. Comme ces serpents recherchés par le prédateur pour la finesse de leur peau, Gérard pressentait elle aussi, sous la flèche du chasseur, la menace de sa ra-pide extinction, cela dont elle avait si souvent parlé à Joh-nie, la fin d'un univers qui serait lié à sa propre fin, dans les cendres d'une même agonie, Gérard et le monde. Et il y avait ce dos de Marianne, dans la chambre close, et son discours sur Schopenhauer quand elle ne savait comment chasser l'ennui — Johnie voulait-elle lire à ses côtés, fai-sait-il trop chaud ou trop froid, y aurait-il un orage? —, et la lecture de Schopenhauer qui ne rassurait pas Johnie pendant qu'elle couvrait de la pression de ses doigts écar-tés le dos de Marianne, et hier, ce dos de Gérard, cette saillie des os sous les épaules dont elle avait senti la for-me étroite sous ses doigts, quand l'être qui était Gérard, la complexité de sa nature qu'elle trahissait si peu, répétant qu'il n'y avait rien de sérieux dans l'existence, cet être tout entier lui était dérobé par cette placidité du corps, lorsqu'on le contemple, un sillon de veines pâles courant sous la peau, laquelle semble se solidifier comme du mar-bre, soudain, dans le sommeil, la lassitude de l'amour. Mais Gérard ne lui avait pas écrit, et dans cet étalement d'heures vaines au bout d'un quai, Johnie pensait que l'éternité était déjà sur la terre — plus que cette funeste destruction du monde que craignait Gérard, laquelle sem-blait se produire lentement, par usure — pendant qu'on l'emmurait entre le ciel et l'océan, une éternité où on la privait de Lynda, et qu'elle était comme étourdie par le fracas imminent du Grand Mudder sur une mer soudain obscurcie par l'approche des bourrasques: lorsque le paquebot se détacherait du port pour cingler les vagues tout en crachant au ciel sa couronne de fumée sous les drapeaux, n'éprouverait-elle pas, elle aussi, ce même heurt de la séparation de la terre, comme les trois garçons au visage brun relâchés du filet de leurs cordages, et l'insouciant pêcheur de thon virevoltant dans sa barque remplie d'eau. Il y aurait d'imperceptibles chocs souterrains, jusqu'au cœur de Johnie, comme lorsqu'elle avait été près de Marianne, quelques jours plus tôt sur un amoncellement de cailloux, sorte de plage sinistre que l'on avait sournoisement aménagée pour des desseins militaires, mais que l'on cédait aux vacanciers, avec ses allées de cailloux, ses dunes de granit, et le centre d'une mer implacablement bleue, posée sur le socle de la guerre, car on se baignait et nageait dans cette mer étoilée de funèbres radiations, cette plage entourée d'aucun arbre, on distinguait à peine celui ou celle qui, tâtant le fond, descendait sans le savoir vers son immense incendie, et Johnie avait pensé qu'il y avait eu occlusion du ciel par l'océan, de la main de l'homme, sur cette plage alourdie de ses machines de mort, lesquelles sans être installées encore, hantaient la rebutante nudité du paysage et le silence de cet océan sans contours déserté par la faune. Assise sur son matelas spongieux, Marianne tapait une lettre à la machine sur cette plage: elle écrivait à sa secrétaire de New York, s'inquiétant de la vente d'un tableau, de l'ouverture d'un musée à Jérusalem et pourtant l'océan, la mer, n'était plus qu'un centre, cela seulement, un gros œil qui les épiait, comme l'œil d'un canon. Marianne s'irritait aussi des questions de Johnie au sujet de sa vie — si elle aimait son mari, ses amants, que

faisait-elle avec Johnie dans une vie si comblée? Et à cela
Marianne répondait sèchement que l'homme et la femme,
mise à part l'énergie sexuelle qui les rapprochait, étaient
deux étrangers l'un pour l'autre, et qu'elle ne devait en
plus aucune explication à Johnie — et c'est à cet instant,
en écoutant ce cliquetis de la machine à écrire électro-
nique, sous les doigts de Marianne qui maniaient cet objet
avec brusquerie, que Johnie avait pensé à l'agonie des serpents de mer des Philippines et du Pérou et à Gérard dont
les nœuds flexibles et mous, comme ceux des serpents
dans le sommeil, même si Gérard dormait peu, n'avaient
pas été dilatés dans la lumière du jour, car le jour repré-
sentait pour Gérard l'absurdité de cette plage meurtrière
ou qui le deviendrait bientôt, l'élancement de la nature
hallucinée et meurtrie, sans aucun chant d'oiseaux, à part
ce grelot des armes de demain que l'on entendait déjà
dans l'air, même si tambourinaient et chantaient au loin
des Noirs heureux, disait-on, qui ne savaient rien de leur
destinée. Et pourtant, assise sur cette plage qui était sapée
en dessous, déjà parsemée de sang sous les cailloux et le
sable fin, Marianne qui tapait une lettre à la machine avait
autant de détermination, de robustesse et de courage que
le Grand Mudder sur les eaux qui se brouillaient, bientôt
largué dans la tempête. «J'ai beaucoup travaillé pour ce
musée, à Jérusalem», disait-elle, de sa douce voix étrangère, indifférente à la perturbation des lieux qui inquié-
taient Johnie, comme si Marianne eût regardé l'étrangeté
de ce ciel, de cette plage, avec une expression de complicité conquérante, sous son chapeau à large bord: ou
n'était-ce pas plutôt l'expression nuancée d'un triomphe,
le signe d'une volonté d'endurance et d'acharnement
comme si Marianne eût décidé que la vie se poursuivrait
normalement pour elle, sur cette île, malgré ces quelques

détonations fatales dans le Pacifique? Et ce moment de
terreur passé, devant la ténacité de Marianne, l'ampleur
de son commerce sur une plage déserte, sous la commo-
tion de notes électroniques, le Grand Mudder fendait les
eaux et le ciel, s'éloignait avec ses voyageurs fantômes
qui agitaient encore la main sur le pont et Johnie sentait
que son éternité dérivait avec eux tous, et les trois garçons
au visage brun tombés des cimes des cordages avec leurs
rêves et qui regardaient maintenant le bout de leurs pieds,
par la chaussette trouée. Puis vint ce trio de Berlin qui
avait tardé à partir, debout sur la passerelle, un homme,
une femme, et leur fille, famille que Johnie avait souvent
aperçue, perchée aux terrasses, parmi les oiseaux de l'île,
eux avaient échoué ici dans un tourbillon de fêtes bruyan-
tes, partout on avait assisté à une sorte d'hébétude dans la
joie sur leurs visages grassouillets, en plein soleil, sur leur
balcon surplombant la mer, comme au milieu de la nuit,
pendant qu'ils continuaient leurs festins, s'empiffrant
sous les yeux des serviteurs qui attendaient patiemment la
fin de cette bombance pour aller dormir. Partout, on avait
entendu leurs rires: qu'ils fussent à demi nus, plus noirs
que les indigènes sous leurs poils blonds ou enrubannés
dans leurs vêtements de coton rose et blanc, la jeune fille
découvrant ses seins pubères sur la plage, ou le père of-
frant un rond pénis sous le nylon transparent de son biki-
ni, ils jouissaient plus que tout autre, et comme pour eux
seuls, pensait Johnie, de cette ère suspecte dans laquelle
nous vivions. Inséparables et identiques sous leurs épais-
ses frisures blondes qu'ils secouaient dans le vent, ils bai-
gnaient dans l'innocence de la prospérité, à peine sortis
vivants des cratères de l'Histoire où leurs parents avaient
enterré tant de décombres. C'était là le miracle, qu'ils fussent bourgeonnants de santé quand ils émergeaient des

ruines. Et soudain, avant de rejoindre les voyageurs du paquebot, ils avaient hésité un instant, blottis l'un contre l'autre sur la passerelle, sous la vélocité des vents et des nuages noirs qui s'amoncelaient au-dessus de leurs têtes. Ils n'étaient plus que ces trois mains qui s'agitaient ensemble sur le pont et le Grand Mudder s'éloignait dans un brouillard de chaleur avec ses passagers bientôt invisibles et les chaloupes de sauvetage collées à ses flancs, telles ces embarcations provisoires, minces comme des canots, que l'on voyait aux côtés des hauts navires de guerre.

❑

Et Paula se hissait lentement au sommet du temple, elle écartait ses longues jambes, un pied au nord, l'autre au sud, comme lorsqu'elle marchait dans les rues — où elle s'était plus d'une fois fracturé une jambe en tombant. Elle serait bientôt au faîte de la pyramide, pensait l'Abeille qui regardait cette figure soldatesque et pâle sous le soleil qui la chauffait à blanc, en pensant: «Je n'en peux plus, elle est tellement forte, elle va me tuer sans le vouloir.» Et Paula, qui avait croisé les bras, fixait de son œil perçant l'Abeille, cette fleur gracile dans le paysage ras et asséché qu'elle balayait maintenant de son regard d'aigle. Qui étaient toutes ces filles sans caractère qui l'adulaient, avec leurs caprices et leurs peurs, si on osait les corriger avec une gifle un peu ferme, un pincement au mollet: oui, qui étaient-elles? Des petits enfants sans importance, des chiots abandonnés sur le perron de la porte, en hiver, et on leur permettait de venir se réchauffer chez vous. Une gifle, cela ne blesse que l'orgueil — la leçon paternelle n'avait-elle pas été plus inflexible quand Paula avait tenté à deux reprises de noyer ses sœurs? Recette

pour se débarrasser de ses sœurs quand on est le fils de
maman, avait écrit Paula dans sa précocité lente et sûre,
et, disait encore madame Boudreau, le docteur avait eu
bien de la peine en lisant le message jaloux écrit par sa
fille, ce jour-là, tant de peine qu'il lui avait marqué à jamais les fesses au rouge avec sa ceinture, c'était difficile
car Paula s'était cachée sous le lit de sa mère et madame
le docteur ne voulait pas, il avait dû se résoudre à la tirer
par ses jambes d'araignée. D'abord on part en vacances
avec papa et maman, avait écrit Paula, et on est sage à
l'hôtel le soir, on ne parle pas aux adultes pendant le repas
et on ne bouge pas sur sa chaise. Quand arrive le lendemain, on va sur le quai, à Rimouski il y a beaucoup d'eau,
on prend une caisse de pommes vide et on la remplit,
quand les deux sœurs sont dedans, on referme la caisse,
on attache bien la caisse avec une corde, on laisse deux
trous pour respirer, puis on n'a plus qu'à jeter la caisse à
l'eau. Et ça écoutait des chansons barbares en anglais, aucune fierté de sa propre langue, aucune attache patrio-
tique, nationaliste, rien, quand les derniers Français
d'Amérique, comme les baleines et les faucons, étaient
menacés de disparaître — mais pour l'Abeille, ce pays
dont parlait Paula était un paradis libre et insensé où de
grands poètes avaient été foudroyés par eux-mêmes, dans
la cour des collèges, d'où le sang coulait encore, sur la
neige, il était donc bien malfaisant, ce pays qui avait per-
mis de telles ruptures dans les esprits, les consciences, ce
pays dont l'incurable gloire des aînés, comme Paula, se
nourrissait du sang, de la mort de ses artistes de génie?
Paula respirait fort, habitée par la grandeur des guerriers
toltèques, parmi leurs haches et leurs palmes sculptées
dans la pierre rude, cherchant de ses doigts fouilleurs la
forme d'un serpent de feu qui longtemps avait été le sym-

bole des puissances du jour et de la nuit et qui, désormais
assujetties, dormaient dans la poussière d'un monument.
(Elle cherchait aussi son paquet de cigarettes qu'elle avait
oublié dans le baluchon de l'Abeille et jurait rageuse-
ment.) Elle labourait de ses doigts la poche de son short
beige, sous la large blouse rayée rouge dont les bouts res-
sortaient de la ceinture de cuir de son short, aucune cigarette, rien, et cette fille, en bas, qui l'observait, elle finirait
bien par la mater, celle-là, comme les autres, c'était un
short d'homme, pensait l'Abeille, avec en dessous une culotte féminine si usée qu'elle n'était plus qu'un em-
maillottement de dentelles dont débordait Paula, victo-
rieuse, la main leste, le paysage était désert, l'Abeille aurait pu s'enfuir. Paula domptait les araignées noires, les
tarentules, sans doute qu'elle amenait toutes ses amies au
Mexique, il y avait eu cette effroyable décharge de
boyaux dans des seaux de métal qui remplaçaient les cu-
vettes sanitaires dans ces restaurants sordides, pensait
l'Abeille, la jungle était tout près, derrière, pendant que
Paula chantait ses louanges à la culture maya, et ces bou-
les de venin dans toutes les chambres, sous les plis des rideaux des douches, comme au fond des piscines lorsqu'on
en retirait l'eau. Et ça n'a aucune formation, et ça ne veut
rien apprendre, pensait Paula sur sa muraille, songeant à
ce peuple qu'on avait appelé le Peuple du Soleil, vaincu,
volatilisé, asservi, ce Peuple du Soleil, chacune de ces
marches du temple avait été lavée par le sang d'un esclave
martyr, vaincu, asservi, notre peuple viril qui aurait pu devenir un peuple honorable, essayez donc de leur inculquer
un peu de science, pensait aussi Paula, tournant son fier
profil vers ce ciel blanchi comme de la chaux sous la dureté de la lumière, vivre, quelle abaissante douleur parfois, surtout sans alcool, sans cigarettes, parlez-leur de la

religion polythéiste des Aztèques, vous verrez dans quelle
ignorance elles vivent! Paula revoyait le serpent qui
s'était massivement écroulé sur la table, pendant le dîner,
la veille, cela les avait saisies pendant qu'elle expliquait à
l'Abeille — car ne fallait-il pas tout leur expliquer — que
Tlaloc était le dieu de la pluie, et Quetzalcóatl, le dieu de
l'air et de l'eau, Tlaloc, Quetzalcóatl et soudain il était là,
au milieu de la salade, un boa! avait crié l'Abeille, c'était
un reptile de taille modeste, et abasourdi par sa chute de
l'arbre. Un garçon qui déambulait avec sa carafe d'eau
l'avait promptement abattu d'un coup de bâton d'une
adresse extrême, un seul, avait pensé l'Abeille en regardant Paula, droite et pétrifiée de terreur sur sa chaise de
paille, Paula qui ne se levait pas de table, comme à l'hôtel, pendant les vacances avec ses parents et madame
Boudreau, on ne se levait jamais de table avant la fin du
repas, et elle attendrait, même si ses joues étaient gonflées
de boulettes de pain qu'elle n'avait pas eu le temps de
mastiquer, sous le choc des serpents et des iguanes — car
l'après-midi, elle avait cru sentir un iguane sous son pied
— de Tlaloc, le dieu de la pluie, de Quetzalcóatl. Elle
avait peut-être eu la main un peu forte dans son brassage
de l'Abeille, ce matin, elle ferait plus attention à l'avenir.
L'Abeille semblait retenir ses larmes sous ses lunettes
embuées de sueur; cette fille l'avait sauvée, après tout,
elle avait couru le long de ces iguanes aplatis contre les
pierres chaudes, jusqu'à cette plage perdue où il était
interdit de se baigner, mais Paula irait quand même, elle
ne faisait jamais comme les autres, qui l'empêcherait d'aller vers le lieu d'une mort envoûtante sur une plage au
bout du monde, et en peu de temps l'Abeille avait entendu
le long cri de Paula qui déchirait le ciel blanc, entre les fa-
laises, et elle avait couru, jusqu'à ce que ses pieds sai-

gnent, dans les ronces, réveillant un Allemand sous sa
hutte, le seul explorateur sur cette plage vierge, dont la
planche à voile reposait échancrée dans le sable, dans des
débris de poissons, en entendant ce cri qui transperçait
l'air, Paula qui disait: «Je me noie, je me noie.» L'homme
avait bondi dans les vagues, avec une héroïque bravoure,
et on entendit sa voix qui répétait en écho: «Ich komme,
ich komme», pendant que l'Abeille nageait à reculons
dans le bouillonnement des vagues: les cheveux châtain
clair de l'homme brillaient dans les reflets de l'eau; de
Paula, l'Abeille ne voyait que son poing vigoureux tendu
vers le ciel livide et c'est vers ce poing — et cette main
qui frappait les femmes, mais si peu, eût dit Paula, car
comme les loups, les chiens énormes, Paula, qui sait, pensait l'Abeille, n'avait aucune idée de sa force —, c'est à
cette main indomptée de Paula qu'ils s'étaient agrippés,
l'homme valeureux et l'Abeille, pour ramener Paula au rivage où elle avait vomi toute l'eau de la tempête pendant
que l'homme lui tapotait rudement les joues, ses joues
blanches et bleues, soudain si creuses sous les cheveux
épars, mouillés d'écume et d'algues. Mais allégée de cette
catastrophe qui avait un instant pesé sur elle, Paula redes-
cendait les marches du temple, l'Abeille brandissant au
loin son paquet de cigarettes. Donc, elle ne lui en voulait
plus; elle, Paula, avait failli être rescapée par un étranger,
en fait, elle l'avait été — quelqu'un qui ne parlait pas sa
langue, pensait-elle, choquée —, elle éprouvait un urgent
besoin de fumer, de s'emparer de l'Abeille qui s'était ac-
croupie sur un tas d'herbages — encore la turista, cette
génération n'a aucune résistance, ce n'est pas comme
nous, c'est bien mon douzième voyage au Mexique et je
ne suis jamais malade —, de l'embrasser, de la serrer dans
ses bras, car elle ressentait encore l'excitation d'avoir été

frôlée par la mort. À part l'amour, pensait-elle, n'était-ce pas la seule sensation admissible de la vie, et elle posait prudemment ses pieds l'un après l'autre sur les marches de pierre, puis l'Abeille lui avait tendu son paquet de cigarettes sans rien dire. Ce silence avait atterré Paula qui avait eu peur, son visage pâle tourné vers le soleil.

❑

De retour dans la moite chaleur des grandes villes, en été, loin de l'île anglaise, de Marianne — qui était maintenant à Jérusalem où elle ouvrirait un musée —, Johnie sentit cette flèche d'un mal imprécis qui la traversait à nouveau, car Gérard était là, Gérard qui ne la voyait pas, dans l'ombre de la piste de danse, à cette heure de l'aube où le Club était déserté, Gérard aspirait seule sa poudre blanche, pendant que son visage se détendait peu à peu dans l'agitation d'une jouissance aussi mystérieuse et coupable que l'offrande de ses lèvres à une inconnue, jouissance à la fois peureuse et forcenée, pensait Johnie, qui l'isolait soudain, elle et son atmosphère, celle du Club avec sa lumière bleue et ses bougies dans les verres, dans un bonheur clandestin mais orgueilleux, qui rappelait à Johnie combien le destin, même lorsqu'il nous élève par instants au-dessus de nous-mêmes, nous réserve, au moment où nous nous y attendons le moins, de ces abjectes surprises, comme elle en vivait maintenant, en regardant Gérard. Elle pensait à cette histoire que lui avait racontée Marianne: les Masaïs, pour se nourrir du lait et du sang de leur bétail, leur perforaient la veine jugulaire d'une flèche à la pointe arrondie, recueillant ensuite leur sang dans une calebasse. Aimant peu ces sacrifices, mais soumise à de dures nécessités, comme ces chèvres et ces vaches aux

faibles pattes grattant un sol infertile, il semblait maintenant à Johnie que c'est ainsi que Gérard avait décidé de
dépérir, ou bien c'était Johnie qui perdait peu à peu son
sang pendant que, d'une flèche à la pointe arrondie, on lui
perforait les veines. C'était encore sans doute là la volonté
de Dieu, cette démente divinité que Johnie n'aimait pas
mais qui l'incitait à lire malgré elle dans le livre de la vie
des révélations d'une conscience de plus en plus torturée,
qu'elle fût seule, écoutant une messe de Bach, son walkman sur l'oreille, ou qu'elle flâne aux côtés de Marianne,
dans une chambre où les derniers rayons du soleil sur un
drap défroissé lui eussent fait perdre la raison, Dieu, elle
en était sûre, lorsqu'il se mettait à parler aux êtres dans
une langue aussi sonore que violente, ne pouvait que les
rendre fous, et c'est Dieu qui pesait ainsi sur Gérard avec
sa foudre et ses malédictions. Johnie sentait toute son impuissance à ramener près d'elle ce visage à la dérive qui
ne lui parlait plus — quand l'Abeille, elle, n'eût pas pris
le temps de réfléchir, n'eût-elle pas saisi Gérard par les
bretelles de sa salopette, lui donnant une fessée de sa
main énergique —, ce visage de Gérard que Johnie
n'avait connu que dans l'intimité de ces éclairages où, il y
a peu de temps, une joue enfouie dans l'oreiller sous une
mèche de cheveux, l'éclair des dents, dans un sourire, ou
l'insistance d'un regard amusé, au petit jour, lorsque Gérard en roulant vers son lit ne savait plus si elle se cou-
chait pour dormir ou pour se lever bientôt, avaient eu pour
Johnie leur propre soudaineté, leur propre lumière. Elle se
revit, immobile au bout du quai, dans l'éblouissement du
soleil ou sous les épais nuages qui avaient emporté le
Grand Mudder à l'horizon. C'est avec un cœur froid, pensa-t-elle, qu'elle avait abandonné Gérard à son destin, aimant Marianne pendant que Gérard voguait solitaire vers

ses vénéneuses contrées, Gérard qui n'était pas sortie de
l'hiver pendant que Polydor et Doudouline se doraient au
soleil. «Viens, allons chez moi», dit Johnie, et ces mots, à
peine avaient-ils été prononcés, dans un souffle, «chez
moi», Johnie vit se rallumer les divers signaux de sa souffrance, le rasoir de l'homme qui avait envahi un espace
jadis si secret, la casquette de Gérard qui évoquait la subtilité du mensonge et de la faute, et sur une commode de
la chambre, ce fouillis d'enveloppes bariolées qui contenaient les lettres de Lynda, ces mots écrits de Lynda —
avec leurs lettres juteuses qui remplissaient toutes les pages, sans doute — dont Johnie redoutait la calme incan-
descence, l'ultime cruauté, car Lynda y parlerait de sa vie,
de ses voyages en Europe, en Afrique, avec lui, l'homme,
le ravisseur, celui dont Johnie n'imaginait même pas le visage dans son dégoût. «Chez nous», dit Johnie, et elle
avait traîné par la main, jusque chez elle dans son appartement, au deuxième étage, Gérard dont le corps était rigide
— retiré dans son isolement, même si Gérard avait de
nombreuses amantes de passage depuis qu'elle vendait de
la drogue — qui, dès que Johnie avait ouvert la porte,
sans même la regarder, s'était abattue tout habillée dans le
lit en riant d'un rire si alarmant que Johnie avait pensé
que le monde s'effondrait, que sous les cils de Gérard qui
dormait maintenant, presque sans un souffle, que sur son
front comme sur ses joues blêmes, un deuil commençait à
descendre: Johnie revit une femme que l'on voyait souvent dans les rues du quartier, se parlant seule, l'œil ivre,
traversant les rues parmi les voitures avec son fils de deux
ans qu'elle trimbalait sur ses épaules. L'enfant assis sur
les épaules de sa mère, ses mains jointes autour de ce
front qui était son unique trésor sur cette terre, cet enfant
obstiné à vivre malgré lui un tel malheur, sans une étin-

celle de clarté, de raison, pour le guider, et celle qui le portait sur ses épaules en le secouant de gauche à droite, comme un colis sans attaches, n'étaient-ils pas, pensait Johnie, les victimes d'une déchéance engendrée par une fin de siècle qui enterrait déjà ses vivants? Johnie avait posé sa main sur la tête de Gérard, cette tête lourde qui lui échappait, même dans le sommeil: elle se souvint de cette odeur de haschich qui pénétrait tous les vêtements de Lynda, qu'elle fût avec Johnie dans des pays frôlant la barbarie où elle défiait de ses déhanchements une garde policière ou des douaniers qui n'éprouvaient pour la femme blanche que du dédain, dans une prison en Turquie où elle avait langui sans peur, plus d'une semaine, ou dans le désordre de sa chambre, aux côtés de Johnie. On avait pu sentir à son cou, souvent mêlé à ses parfums, cet arôme brûlé du hasch et voir briller, la nuit au bout de ses lèvres, la rouge cigarette et cette buée de rêve qui étirait parfois le plaisir de l'amour. Le hasch, dans la vie de Lynda, comme dans la vie de Gérard, le hasch avait toujours été là, pensait Johnie. Et si Gérard consommait des stupé-fiants plus durs que le hasch, si l'aiguille malsaine avait déjà foudroyé son cerveau, ne s'éteindrait-elle pas comme ces feux qu'allumaient les chasseurs perdus en forêt, par les nuits d'hiver? Mais Lynda n'avait-elle pas survécu à tout, pensait aussi Johnie, à la maison de correction, à l'âge de treize ans, disait-elle, à un viol dans un train, par quatre soldats, à sa cellule de prison, en Turquie, où elle avait même pu s'étendre au soleil, dans la cour, pendant que discutaient entre eux policiers et trafiquants de cocaï-ne? Et soudain, en Turquie ou ailleurs, Johnie avait vu surgir Lynda, devant elle, dans ces gares qui ressem-blaient à des antres de pierre, où elle, Johnie, avait mala-divement ressenti son exil comme si on l'eût séquestrée dans cette pierre des gares aux teintes brunâtres, avec cette foule de visages qu'elle abritait, visages dont Johnie ne distinguait parfois que la fissure de la bouche, et sous le capuchon des cabans qui recouvrait les fronts, la tumescence d'un œil fixé sur elle dont le blanc avait été ensanglanté, comme si les plaies de la misère, de la faim, s'étaient mises à sécher au soleil, sous les larges paupières brumeuses de ces étrangers venus de partout, dans leur exode muet, descendus d'un paquebot avec leurs humbles malles et se heurtant les uns aux autres désormais dans les gares, dans ces villes où ils débarquaient en orphelins et déjà méprisés de tous, pendant que la lumière calcinait les rails, découpait le paysage de ses raies de feu, parmi les maisons roses à toit plat et les vignes desséchées. Et Lynda secouait ce halo de chaleur de son rire cristallin, elle courait vers Johnie, tenant de ses mains ouvertes contre sa poitrine, des citrons, des oranges qu'elle avait cueillis au marché. Il y avait dans l'air, avec l'odeur des orangers et des citronniers que Lynda ramenait de leurs régions profondes, ce parfum de viande grillée que l'on vendait dans les rues, sous la chaleur intense, et dans les cheveux de Lynda, haletante d'avoir couru, cette obsédante odeur du hasch qui procurait à Johnie de si désolantes sensations d'ennui, de torpeur, comme elle en éprouvait maintenant en regardant Gérard dormir.

Aucun bruit soudain, pensait Johnie — pas même le frissonnement des feuilles dans les arbres, accablés par l'air chaud des rues —, seul régnait le silence dans l'appartement déjà si silencieux en été, avec ce souffle de Gérard, souffle irrégulier que l'on entendait à peine, car Gérard était ailleurs où elle ne souffrait pas, n'apercevait Johnie que de la fente de ses yeux entrouverts, Johnie qui

marchait nerveusement dans l'appartement comme si elle
eût été sur le point d'appeler du secours, ou venant s'as-
seoir parfois sur le lit, près de Gérard qu'elle regardait
avec un douloureux sentiment d'impuissance et Gérard
vacillait dans une zone blanche, liquide — peut-être
s'était-elle évanouie, s'écroulant le long d'un mur au Club
comme la dernière fois — où les mauvais rêves devenaient aussi tangibles que la réalité, car on eût dit qu'il
était là, à nouveau, entre ses doigts, ce lapin qui avait été
étranglé par mégarde, un jour de Pâques — il y avait aussi
des poussins dans une boîte et ces plumes neuves que l'on
n'osait pas toucher —, tué par l'exubérance, le bonheur,
la joie de Gérard ployant sous l'abondance de cadeaux
que lui offraient ses parents adoptifs. Comment avait-elle
serré le cou trop fort, cet amas de fourrure dont le sang re-
fluait sur le tapis, comment cela s'était-il produit, ce massacre, cette tragédie dans le salon familial, c'était la peur
peut-être qui l'avait tué, elle n'avait eu qu'à refermer les
doigts, ces parents magnanimes qui avaient adopté une
petite fille, qui étaient-ils, qu'ils grisonnaient vite, allant
en Floride en hiver, cultivant leur jardin en été, à genoux
dans la terre, les joues, les fronts ridés, déjà, et pourtant
Gérard eût aimé ne jamais les perdre, ne jamais les quit-
ter. Ils disaient eux-mêmes: «Quand-nous ne serons plus
là, tu seras seule au monde», et il y avait ce tas de cendres
à l'horizon, sous lequel le lapin avait été enseveli. Et quel
jour était-ce quand Gérard avait essayé son smoking, debout sur la table de la cuisine pendant que sa mère recousait le bas du pantalon? C'est là où Gérard avait pensé à
l'histoire du lapin, en posant sa main sur la tête de sa
mère qui cousait. Qui étaient-ils, qui étaient-ils, pourquoi
l'avaient-ils choisie parmi d'autres — et le smoking avait
un revers de soie rouge. C'était pour aller au Club, la nuit,

sortir, ils le savaient, il faut bien que les jeunes s'amusent,
disaient-ils dans leur douce sénilité. Les cendres, si Gérard y pensait souvent, c'est parce qu'elle savait qu'un
jour, ils seraient incinérés, et elle se répétait ce mot en posant sa main sur la tête grise de sa mère: maman sera inci-
nérée, il y a des incendies partout, pas un seul lieu où cela
ne brûle pas. On avait déplié un journal sur la table où elle
se tenait debout, il manquait encore une manche au costume, même sur ce papier du journal on voyait le feu et le
sang qui se mêlaient et ces ombres squelettiques sur les
champs brûlés, au Soudan, le feu et le sang qui se mêlaient sous les yeux de la vieille dame qui cousait le bas
du pantalon, pour sa fille, des batailles féroces se dérou-
laient, mais elle n'en savait rien, car ils iraient en Floride
pour l'hiver, fuyant le froid et tout ce sang qui coulait
ailleurs ou qui se coagulait comme pour le lapin assassiné,
le lapin que Gérard avait reçu à Pâques avec les poussins
dans la boîte, et plus tard, Gérard irait au Club dans son
smoking dont le revers était en soie rouge.

❑

   Et Sophie pensait que par cette chaleur dense, on ne
pourrait pas déjeuner dehors, il y avait déjà trop de mouches sur la terrasse. Mais avant huit heures du matin
n'avait-elle pas déjà fait sa gymnastique, préparé une
omelette et du café pour les filles qui, depuis la veille, en-
vahissaient son paysage avec leurs tentes et leurs sacs de
couchage — mais il valait mieux les voir là-bas, parmi les
sapins qu'ici, dans son chalet, avec leurs pieds encore
boueux de l'eau du lac. Elle avait même mémorisé son
texte pour la répétition du soir — une bonne heure la séparait de la ville même si elle conduisait vite —, c'était

inexplicable combien elle se sentait aussitôt envahie dès que Doudouline était là, jouant avec son voilier, se baignant dans son lac avec Polydor, une mère n'avait pas le droit d'éprouver cela, en soi, c'était une injustice, une anomalie, mais lorsque les filles étaient là, son paysage se modifiait légèrement, ce n'était plus chez elle, même lorsqu'elle arrosait son massif de fleurs, elle se sentait épiée. Doudouline savait très bien qu'elle cachait son argenterie, quand elles venaient, dans l'armoire antique dont Sophie avait la clef. Sophie n'avait jamais rien possédé et soudain son paysage était facilement froissé, les feuilles de ses arbres remuaient dans le mauvais sens. Où étaient l'ordre, la paix dont elle avait tant besoin? Ces filles altéraient son silence, elle avait déjà du mal à se concentrer, se demandant si elle n'avait jamais compris cette pièce de Strindberg qu'elle avait si souvent jouée, était-ce par manque de concentration ou parce qu'elle n'était qu'une instinctive bête de scène, une autodidacte dépourvue du savoir élémentaire? Maintenant, elles avançaient à grandes enjambées dans son paysage, oui, c'était un malaise qu'elle préférait ne pas s'expliquer. Polydor marchait en avant, avec les sacs à dos, Doudouline venait derrière, elle chassait une guêpe de la main. De la terrasse, Sophie voyait la montagne où l'on skiait en hiver, le lac était calme en dessous. Un homme, au loin, qui s'était levé en même temps que Sophie, nageait seul, élevant vers le ciel des bras mécaniques, car lui aussi s'appliquait à ses exercices du matin, comme l'avait fait Sophie en prenant de longues respirations à chacun de ses mouvements. Si Sophie gagnait beaucoup d'argent à la télévision, au théâtre, et pendant la saison du théâtre d'été, ce n'était pas pour tout dilapider, gaspiller, quand, autrefois, dans la commune, c'est tout juste si on avait pu payer l'huile pour la lampe. Laver des

couches à la pompe, quelle misère! Maintenant elle avait
son sauna, sa piscine, et ici, à la campagne, une montagne, un lac, mais les privations du passé, qui y songeait
encore? Son fils était un voyou qui avait volé son père le
jour de leur divorce — partant avec ses deux valises de
cuir. Doudouline coûterait cher avec sa bande de musiciens rock, mais c'était un bon investissement pour sa car-
rière future. Si seulement elle avait pu se marier comme
tout le monde, cela existe aussi, les hommes, Sophie en
avait bien eu quelques-uns, elle, elle avait même connu la
passion. Pour Doudouline, Polydor, c'était une affaire de
tempérament, de goût, sans doute, elles en avaient déjà
discuté entre elles, mais quand même, Polydor, avec sa
théologie, la prêtrise pour une femme, comme l'homo-
sexualité, ce n'était pas un avenir, c'était une bien drôle
de génération, on voyait qu'elles n'avaient pas connu la
Crise, la Deuxième Guerre mondiale, et c'était surdoué.
L'Abeille, par exemple, avec ses tableaux, Gérard qui
avait tant de talent pour la comédie — toutefois, elle ne
lui avait jamais donné ce rôle pour le Molière, non, elle
avait hésité, il y avait tant de comédiens en chômage,
après tout —, Gérard qui pouvait imiter tous les messages
publicitaires à la télévision, que trouvaient-elles toutes de
si agréable à vivre les unes avec les autres. Parfois c'était
gênant, certains hommes comprenaient, d'autres pas, il est
vrai que c'est compliqué pour eux d'imaginer ce qui se
passe dans le cœur des femmes. Doudouline, Polydor se
rapprochaient de plus en plus, écartant une branche qui
fouettait l'air chaud et lourd. On ne déjeunerait pas dehors, aujourd'hui, pensait Sophie, heureusement qu'elle
avait eu le temps de travailler son auteur avant l'arrivée
des filles, déjà on les entendait rire, se chamailler sous les
arbres; «venez, venez», criait Sophie ravie de les voir sou-

dain, car elle se sentait rajeunie — ce qui ne durerait pas,
pensait-elle, les vieilles irritations reviendraient vite —
par leur présence. «Le café est prêt, de même que les
toasts», elle sourit de sa jolie bouche contractée, pensait
Doudouline, chère maman, elle ne change pas. Et pour
Doudouline, la montée avait été longue et pénible, ce régime allait l'achever, pensa-t-elle en apercevant sa mère,
sur la terrasse, celle qui avait mis l'argenterie sous clef
dans l'armoire antique. «Ah! maman! Après cette nuit à la
belle étoile, nous mourons de faim», avait dit Doudouline
de sa voix chantante, et malgré les mouches et la chaleur,
dans les premiers bourdonnements du jour, elles avaient
déjeuné ensemble sur la terrasse et Doudouline avait tant
mangé qu'elle avait été prise soudain d'une immobilité
vertigineuse, détachant le bouton de son jean, sous sa tunique indienne, pendant que sa mère regardait de loin,
vers sa montagne et son lac. Et Gérard? Elles n'avaient
pas amené Gérard, avait pensé Doudouline soudain, où
était Gérard avec ses comprimés qu'elle avalait du matin
au soir, et même la nuit, pour le foie, le cœur, les picote-
ments de la peau, elle qui était en pleine santé. Que faire
d'une hypocondriaque dans les champs? Elle avait peur
de l'eau, et en plus tombait dans une mélancolie extrême
dès qu'elle voyait un lac. On ne savait plus où était Gérard depuis quelques jours, les rayons du soleil ne péné-
traient plus le store de sa chambre, c'était déchirant, pensait Doudouline, il n'y avait plus personne à la maison,
seulement ce couple, Polydor, Doudouline, si nu ce lien
quand on le dépouillait de ses fruits — Polydor qui ne
perdait jamais l'espoir préparait les repas, pour les autres,
tous les jours, elle continuait de nourrir le chat, et elle
n'avait pas tort, pensait Doudouline, car quelqu'un finissait toujours par passer, souvent, c'était l'Abeille qui ne

venait que pour se plaindre de Paula, Paula l'irascible, la
colérique, dont elle ne se séparait toujours pas. Si fragile,
ce couple, devant Sophie qui regardait le paysage avec sa-
tisfaction, car elle y était bien enracinée enfin, après toute
cette vie d'exil à Paris, pensait Doudouline, et c'est cette
mère élégante qui ne portait pas de t-shirt — avec des taches de sueur sous les bras, comme Polydor —, celle dont
les cheveux avaient été frisés par le coiffeur, la veille, qui
ne tarderait pas à demander: «À la fin, les filles, dites-
moi, vous avez bien un but dans la vie? Des études que
vous plantez là, pas de travail, pas d'argent. Non mais
combien de temps pensez-vous continuer de vivre comme
ça?» Mais Sophie ne dit rien, elle eut un mouvement d'ir-
ritation à peine perceptible, secouant négligemment sa
belle tête rousse lorsque Doudouline lui dit d'un air pro-
fessionnel qu'elle cherchait encore une basse, une guitare
pour son spectacle: «C'est ça, tu comptes encore sur moi
pour les trouver, et l'éclairage, la régie technique, tu y as
pensé aussi?» Et Doudouline avait pensé que le nuage
blanc, floconneux risquait de devenir orageux dans le ciel.
Comment une mère et une fille artistes, comment ce couple d'un individualisme excessif pouvait-il coexister?
Mais non, l'épais nuage fondait dans le ciel brûlant, rasant
les pins, les sapins, Sophie avait la conviction, malgré
tout, pensait-elle, que Strindberg n'avait pas compris les
femmes — elle n'avait pas fait son Conservatoire comme
tant d'autres, ni ses Beaux-Arts à Paris, comme Paula,
prolétaire, elle le serait jusqu'à la fin de ses jours, on ne
s'élevait jamais au-dessus de sa condition, c'étaient des
rêves, des mensonges, tout cela —, ce qui lui rappelait
une querelle avec Paula au sujet de Strindberg, d'Ibsen.
Strindberg avait décrit la cupidité, la méchanceté des femmes, sans en connaître la cause, il n'avait jamais vécu

l'abjection de leur vie quotidienne, elle n'admirait chez lui que son socialisme passionné. Vivent les auteurs de chez nous, ils jouaient au tennis, ne sortaient pas de leur cercle, étaient souvent de confortables chauvins, ils ne la menaçaient pas, puisqu'elle en avait déjà eu un comme mari. L'auteur qu'elle répétait maintenant, exceptionnellement, lui semblait aller trop loin, avec son milieu de prostitution et de drogues, elle irait voir dans l'Est comment cela se passait. Sophie ne croyait qu'en la vérité, pensait-elle, Paula dont le père n'avait pas été un plombier, pouvait bien dire que Strindberg était l'analyste du subconscient des femmes, rien ne prouvait que cela fût vrai, il n'avait jamais été tiraillé comme Sophie entre sa profession et sa famille. Et maintenant Polydor fronçait les sourcils et disait à Doudouline, en posant une main sur son genou: «Nous aurions dû amener Gérard, où pourrait-elle bien être?» Il faisait si chaud qu'un brouillard tremblait sur le lac, ce serait bientôt l'heure de se baigner, et il y avait toujours ces deux taches de sueur sous les bras du t-shirt de Polydor, remarqua Doudouline, pendant qu'elle jetait vite un regard sur sa mère qui lui semblait perdue dans ses pensées, le regard lointain sous sa chevelure rousse.

❑

Il y avait la charpente du toit qui avait beaucoup inquiété Thérèse. Avec l'aide de ses apprentis — ses apprentis délinquants venus d'un refuge dont elle s'occupait avec d'autres psychologues et travailleurs sociaux —, le toit était maintenant terminé, que de nuits d'insomnie à penser à ce toit, à la descente de gouttière, aux fenêtres, à la cheminée — sans parler des chambres dans le sous-sol

pour les filles et de l'atelier de l'Abeille qui recevrait toute la lumière du midi —, à la limite étroite du terrain —
où Thérèse stationnerait-elle son auto, où seraient son entrée principale et son escalier? — que de jours parmi les
matériaux de construction qui traînaient encore sur la pe-
louse pelée devant la porte — le jardin, ce serait pour une
autre année —, partout des dépôts de bois, de la brique,
du béton, et que faire de ces sans-abri qui venaient la
consulter à toute heure pendant qu'elle s'agitait dans
l'empilement de ses dossiers, de ses notes de cours, cela
malgré le miracle de son ordinateur, un portatif qui lui
transmettait des données si pénibles: chacun de ces itiné-
rants avait le ferme désir d'améliorer son sort, mais comment le faire avec leur chèque mensuel, lequel pouvait se
comparer au salaire d'un Éthiopien, quand nous n'étions
pas en Éthiopie — ah! ce désordre diaphane dans le salon
de l'Abeille, à l'aube, quand Gérard fumait son dernier
joint, dans ces rayons d'un soleil si pâle en hiver — et
sous ce toit qui s'inclinait un peu trop à gauche — c'était
l'erreur de l'apprenti —, Thérèse marchait de long en large — car même si elle s'était levée à six heures, elle
n'avait pas eu le temps d'aller à la montagne aujourd'hui —,
se demandant si le ministère de la Santé avait le sens des
responsabilités avec son avare budget pour les déshéri-
tés: c'était inscrit sur son ordinateur, ce 0,0114352 pour
cent du budget qui était consacré aux Éthiopiens de nos
rues, de nos villes. Il y avait aussi la santé de Thérèse
qui déclinait un peu, même si elle consommait tous ces
produits à base de minéraux dont on vantait tant les mé-
rites pour revitaliser l'organisme — et surtout elle ne fumait pas, ne buvait pas, ne polluait pas l'atmosphère —,
comme la camomille qui guérit les maux de tête, et elle en
avait souvent, la luzerne qui est tonique pour l'estomac, le

thym qui était un désintoxicateur puissant, mais elle était trop jeune pour subir ces maux insidieux du rhumatisme et de la goutte, la réglisse dont les Grecs et les Romains avaient utilisé la racine et qui soignait la grippe, les catarrhes pulmonaires, mais Thérèse qui courait tous les jours aux abords de sa rivière périphérique, rivière que contaminaient tous les déchets des usines environnantes, Thérèse n'avait jamais eu un rhume, courant chaque matin dans son short blanc rayé de bleu, sur le côté — avec les chaussettes blanches et les *running shoes* qui l'accompagnaient —, elle s'aérait les poumons dans une vapeur de microbes qui tuaient tous ces minéraux, le calcium tant loué, l'iode, le fer, le magnésium, et le potassium qu'elle croquait en se levant, sous forme de pastilles, dont chacune, pensait-elle, comme l'invention de la biologie cellulaire, était une promesse d'éternité dans un monde qui se détruisait pernicieusement à la base. Mais si les plantes nous choyaient de cette survie éphémère, surtout lorsqu'on ne buvait pas, ne polluait pas l'atmosphère, le zéro pour cent redoutable accordé aux sans-abri, toujours reproduit sur l'écran de l'ordinateur, tourmentait Thérèse jour et nuit, si bien qu'elle en oubliait l'existence de l'Abeille et ce corps chaud qu'elle avait tenu dans ses bras tant de nuits. Oui, pensait Thérèse, par ces nuits d'un hiver qui avait été glacial, Jean avait dormi dans le hall d'entrée d'un immeuble, avant d'être chassé à coups de pied dans la rue; Gisèle qui venait du Bas-du-Fleuve avait dormi dans le métro d'où on l'avait également répudiée; d'autres s'entassaient dans des hangars et fouillaient les poubelles; plusieurs — et là, le pourcentage était élevé — se suicidaient, et Thérèse pressentait une vague de suicides dans les années à venir. Que faire sinon ouvrir des maisons d'hébergement, envahir ces espaces de milliers de lits, loger les sans-abri

dans les édifices gouvernementaux s'il le fallait, et ici
s'ouvrait pour Polydor, l'Abeille — il y avait déjà des
pots de gouache, des pinceaux, une tablette dans l'atelier
et la table de dessin, cette table parfaitement mobile qui
avait été le premier achat de Thérèse —, Gérard, Doudouline, un foyer d'hébergement reconstruit à neuf — bien
qu'il manquât encore un escalier, une entrée principale —
que Thérèse, ah! mais quelle naïveté, elles se moqueraient
bien de son accueil, que Thérèse leur offrirait à toutes,
mais sans alcool, sans fumée, non elles ne viendraient jamais, malgré leur accablement financier, elles répugnaient
à cette vie d'équilibre et de santé, le moment viendrait où
elles le regretteraient. Et il y avait toujours ce pamphlet
que montrait fidèlement l'ordinateur dans lequel Thérèse
accusait l'État, ce 0,0114352 pour cent du budget si éhon-
té, et c'est à cet instant que l'inclinaison du toit revenait
obsessivement hanter son esprit. Quant à la descente de
gouttière avec les violentes pluies d'été qui s'annonçaient,
c'était un problème qu'elle ne savait comment résoudre,
pensait-elle, en pianotant sur le clavier de son ordinateur.
Ensuite elle rangerait ses dossiers pour ne penser qu'à
cela qui exigeait toute son attention: la courbure du toit, la
descente de gouttière, en cas de pluie. Mais Thérèse avait
compilé tant de documents divers — la délinquance, les
sans-abri, le suicide chez les adolescents — qu'elle ne savait plus où les ranger, sa thèse de maîtrise reposait aussi
sur son bureau, dans un cabinet de travail encore inachevé, avec ses poutres en attente dans le vestibule. Et soudain, cette expression qui désignait les maisons d'hébergement pour les sans-abri l'avait irritée dans son sexisme,
les hommes ouvraient ce qu'ils appelaient des «Maisons
du père». Il y avait là, pensait Thérèse, un dédain magis-
tral pour le sans-abri lui-même, déjà rejeté par la société

qui l'avait vu naître. Par quelle autorité cléricale ce père paraissait-il soudain, avec sa lourde protection, sa paternité soupçonneuse? Eût-on dit «Maisons des mères» ou de la mère, cela eût été risible, la femme comptait si peu lorsqu'elle défendait de plus destitués qu'elle-même. Et puis, l'ordinateur, instrument de précision, pensait Thérèse, n'avait-il pas été conçu par les hommes et pour eux seulement, pour leurs communications d'affaires, leurs transactions? Pouvait-on imaginer aussi que la situation devînt un problème si grave, si urgent, cette situation qui était unique pour Thérèse, celle des sans-abri de quinze à dix-huit ans, qu'une femme eût, comme un homme, dans son auto, pour une nouvelle ère des communications humaines, un réseau pour ses transactions de secours, d'entraide, un téléphone, des messages cellulaires, branchés à l'ordinateur et qui permettraient de sauver des vies? Et ces copeaux de bois, sur le parquet, ne faudrait-il pas les balayer, les mettre de côté, car ils alimenteraient le poêle de la cuisine à l'automne? Que faisait donc l'Abeille avec Paula, une femme qui avait trente ans de plus qu'elle, qui fumait, buvait trop, polluait l'atmosphère avec ses cigarettes, toussait le matin en s'en allant au travail, sa serviette sous le bras? Cela finirait mal, elle ne connaissait donc pas les statistiques sur le cancer, et cette quête charnelle éperdue de Paula, que les femmes fussent de son bord de la clôture ou non, elle fonçait, cela aussi, quel danger pour la santé mentale, physique, et Thérèse avait rougi, bien qu'il n'y eût personne pour la voir autour d'elle, elle rougissait encore au souvenir de la main de Paula se posant sur sa cuisse plantureuse, au retour du jogging sur la montagne, les longs doigts de Paula rôdant sous le short rayé de bleu. Combien cette caresse savante l'avait troublée, désemparée, autrefois, pendant qu'elle se préparait à re-

joindre l'Abeille qui l'attendait, au bas de la pente, debout
près de sa bicyclette. Ah! le bon temps de l'Abeille, et
Paula avait ri en disant: «Mais il n'y a rien là, qu'est-ce
qui t'effraie tant?» Cette étourdissante sexualité de Paula
semblait remplir l'atmosphère, avec la fumée de ses cigarettes, la digestion de ses repas copieux — si peu vitami-
nés, pensait Thérèse. Quelque part en elle-même, Thérèse
avait été violée par Paula, pensait-elle, même si Paula
était un symbole pour toutes de la contestation de l'affran-
chissement des femmes à une période obscure de leur histoire. C'est encore Paula qui avait un jour invité Johnie,
puis Gérard, Doudouline, à traverser le lac, chez Sophie,
dans son canot, Paula et ses viols plus ou moins consentis,
pensait Thérèse, ses éclats de rire dans l'air de l'été, ou
ses sanglots contenus, mais qui ne voulait pas une promenade en canot avec Paula? Paula, la grande libératrice du
quartier! C'était au retour, avec ce clapotement des rames
dans l'eau, l'apparition d'un visage cramoisi, un sourire
vite réprimé, en marchant vers la rive, qu'elles trahis-
saient les unes après les autres leur complicité dans cette
perte de l'innocence avec Paula. Quant à Paula, elle ac-
costait son canot et guettait le soleil couchant, plantée sur
ses grandes jambes avec insolence, pensait Thérèse, et
continuant de polluer l'atmosphère avec ses cigarettes, oui
cette caresse avait été cuisante comme une insulte à la pu-
deur de Thérèse. Bon, elle devait se rappeler cela aussi et
l'écrire: un détenu coûtait à l'État près de cent dollars par
jour, un lit dans un refuge à peine vingt. Ils arrivaient de
partout, de la Côte-Nord, nos Éthiopiens. Pour eux, aucun
emploi, aucune stabilité à part la rue. Oui, mais de la façon dont vivaient les filles, sans même chercher un emploi, Gérard volant parfois un steak au supermarché, Polydor ne travaillant dans les librairies que le samedi, elles

pourraient bien se retrouver un jour dans l'un de ces foyers d'hébergement pour les sans-abri, pensait Thérèse, des Maisons pères, des Refuges pères, contre le sein même de leurs charitables ennemis, métamorphosés en de débonnaires thérapeutes, en curés compréhensifs.

Sophie regardait sa montre, car ce serait bientôt l'heure de rentrer — et qu'il lui déplaisait de partir ainsi vers la fournaise des routes, le dimanche soir, en été, et de s'échauffer bientôt dans les coulisses étouffantes du théâtre où elle serait bousculée par tout le monde —, les filles oublieraient sans doute d'arroser les plantes, égratigneraient de leurs ongles pointus — car elles buvaient toujours un peu trop, le soir — ses verres de cristal, casseraient sa porcelaine, que faisaient-elles toute la journée à la campagne à part s'exposer presque nues sur la terrasse au soleil ou lire à l'ombre des bouleaux et des cèdres? Sophie était outrée par ces bikinis qui ne cachaient rien, pas même cet éclat de la chair rose de Doudouline qu'elle eût préféré ne pas voir, et Polydor qui lisait saint Jean de la Croix dans son slip indécent, le pubis à l'air, tant elle était à l'aise, et Sophie avait été étourdie comme si un malaise l'eût frappée, car Doudouline chantait, fredonnait une mélodie qui lui semblait scabreuse où il était question des plages de Baby Doc. Ce malaise étreignait Sophie avec tant de force qu'elle dit à Doudouline de se taire, mais Doudouline répondit à cela qu'elle avait besoin du piano de sa mère pour écrire la musique. «Encore mon piano? Hier, c'était ma voiture, vous n'en finirez donc jamais de quémander, vous autres, les enfants?» Et tout en grommelant, Sophie ressentait combien elle était vaguement coupable d'avoir un jour amené Doudouline en vacances — même si c'était pour soigner une bronchite — dans une île où sévissait un régime de terreur, c'était à cause des prix réduits, bien entendu, du climat tropical tempéré, des plages, mais une autre mère n'aurait pas amené sa fille dans l'un des pays les plus faméliques d'Amérique latine, pensait-elle, et maintenant, Doudouline, avec sa mélodie grinçante où pointait l'amertume des premiers chocs que la vie vous fait ressentir, Doudouline ne lui rappelait-elle pas, de sa voix angélique qui martelait l'air, combien nous étions livrés malgré nous à des dictateurs qui rendaient le monde partout inhabitable? Si Doudouline n'avait pas vu les massacres des tontons macoutes, ils avaient pénétré l'air qu'elle respirait, allongée sur le sable, entre l'Atlantique et la mer des Caraïbes, pendant qu'elle se laissait anesthésier par ce jour blanc du crime dans lequel elle flottait, sous la patine de crème solaire qui lui recouvrait la peau, elle était là, parmi d'autres, dans une île où l'on pratiquait couramment la torture et elle savait que pendant ce temps, un dictateur qui se prénommait le Bébé avait trouvé refuge sur la Côte d'Azur d'où il se plaignait de son exil, dans sa ville de milliardaires. Partout où il allait, de la Côte d'Azur aux Alpes-Maritimes, ses crimes le suivaient, ce qui ne l'empêchait pas de circuler. Une nappe de sang traînait entre l'Atlantique et la mer des Caraïbes où Doudouline allait guérir d'une bronchite, le sang collait aussi aux arbres, dans ces champs où poussaient le riz, le tabac, le maïs, que Sophie y consente ou non, Doudouline avait perçu toutes ces horreurs à ses côtés, au temps de sa bronchite. Puis Sophie avait revêtu ses vêtements de ville pour partir et au moment où elle cherchait les clefs de sa voiture dans son sac, elle avait aperçu son image dans le rétroviseur et ce pli à sa bouche qui était souvent le signe de son irritabilité. Et loin, derrière la lueur de la chevelure rousse, elle avait vu Doudouline et Polydor qui lisaient sous les arbres, ses bouleaux, ses cèdres, d'où s'égrenait la chanson excédée de Doudouline, Doudouline qui avait jadis découvert dans quel état était le monde, et elle avait pensé dans un mélange de fierté maternelle et de crainte: Oui, mais il y a encore l'avenir pour réparer tout.

DEUXIÈME PARTIE

Le seuil de la douleur

JOHNIE, POLYDOR, DOUDOULINE étaient réunies dans le salon de l'Abeille. Ne fallait-il pas alerter la police? demandait Johnie. Où était Gérard? on ne l'avait pas vue depuis plusieurs mois. Sans doute dans un bar gai de Provincetown où elle passait ses nuits à danser, répondait l'Abeille, d'un ton acerbe, car quoi de plus inéquitable que cette inquiétude qu'elles éprouvaient toutes au sujet de Gérard qui était partie, quand, elle, l'Abeille, qui était de retour, on la voyait à peine, elle qui se tenait debout, dans sa blouse bleue de peintre, près de son chevalet sur lequel elle n'avait encore posé aucune toile, car elle hésitait entre plusieurs projets: le temps n'était-il pas venu d'exprimer ce qu'elle ressentait de plus violent, son exclusion de cette planète, car si on voyait encore les astres se mouvoir dans le ciel nocturne, on ne voyait pas poindre cette génération de l'Abeille, pensait-elle, c'était une génération refoulée ailleurs, sous les pieds d'une compétence hystérique et avide, celle des commerçants qui dirigeaient le monde. S'il n'y avait pas de place pour l'Abeille, il n'y en avait pas non plus pour les poissons et les oiseaux tués par les pluies acides, ou bien elle dessinerait comme Paula, sans aucune couleur, avec des noirs et des bruns foncés ou bien... Il ne fallait pas tant s'énever, en perdre le sommeil, l'appétit, ne plus même ouvrir ses cahiers comme le faisait Johnie, qui était toujours à la fenêtre, courbant son long dos dans une tristesse qu'elle n'expliquait pas aux autres — oui, mais sur le noir repose toute la noirceur de l'âme de Paula, pensait l'Abeille, et nous vivons entourés de planètes vivantes et colorées, les planètes étincellent et nous, nous nous éteignons, pensait l'Abeille, les arbres, les feuilles étaient embrasés par ces coloris de l'automne qui annonçait l'hiver, dans les rues, et c'est ainsi que rien ne changeait jamais, sous les crevasses du plafond, sous l'accablement de ses rainures, dans ce salon où les filles continuaient de croupir, pensait l'Abeille, avec leurs bières et la fumée de leurs cigarettes — et surtout Johnie qui empestait l'air de la pièce avec ses cigarettes brunes qui se consumaient seules au bout de ses doigts jaunis. Il devait s'écouler ici un temps inéluctable. Gérard, Gérard, n'était-elle pas libre, comme elle l'avait toujours été? Pourquoi toute cette anxiété soudain, elle reviendrait quand elle aurait faim, on ne l'avait pas encore poignardée dans un coin de ruelle même si elle rentrait à cinq heures du matin. Sa silhouette agile était pourtant bien connue dans tous les bars autour, mais pourquoi ne pas s'enfuir, pourquoi s'attarder à un pays, une ville, où mouraient les poètes, les écrivains, où se désespéraient les peintres? Ici, avec toutes ces rainures au plafond, ces filles dans la fumée, ici planait, comme un tonnerre bas, l'éternité, rien d'autre que la conspiration de l'attente dans l'ennui, car on ne pouvait plus avoir d'illusions après ce délire de couleurs dans les arbres et le ciel, ce serait la nuit, le froid dont on ne pouvait pas même peindre la couleur sur une toile, car c'était trop opaque, trop glacé, une matière si vile qu'elle causait des arrêts mortels du cœur, du flux sanguin, et Doudouline qui grattait sa guitare pendant que Polydor lui frôlait la joue de ses baisers. Deux, elles étaient toujours deux, quand l'Abeille avait failli tant de fois être deux et ne l'était toujours pas — Thérèse ne lui avait-elle pas compté près de deux cents aventures, en y incluant les hommes? — même lorsqu'elles se voyaient tous les jours, elles s'écrivaient encore des poèmes, des chansons qu'elles se glissaient sous l'oreiller, le soir: ma chère Doudouline, mon cher amour, Polydor, mon petit saint Jean de la Croix, peux-tu m'apporter mon déjeuner au lit, demain passer chez le nettoyeur pour ta Doudouline, et pendant ce temps de balbutiements éperdus, l'Abeille traînait encore Paula comme les pyramides de Chichén Itzá — et Paula les gravissait avec lenteur jusqu'au sommet — et lorsque Thérèse l'avait menée vers les pots de gouache, sur la table de dessin, dans une maison, un atelier qui avait été rénové pour elle, les bras majestueux de Thérèse pendant au cou de l'Abeille, dans cette interrogation: «Alors, maintenant, veux-tu vivre avec moi?» l'Abeille avait compris que cette réjouissante fatalité du deux n'était déjà plus pour elle, puisque Thérèse qui avait été fantaisiste ne l'était plus, ne fumait plus, ne buvait plus, passerait désormais l'aspirateur au moment où l'Abeille serait occupée à peindre ou à réfléchir, écrivait à travers l'abondance de ses dossiers sur son bureau, sur les freaks, les drogués, les sans-foyer, et commençait une thèse en gérontologie. C'était une femme du XXIe siècle, pensait l'Abeille, sa planète n'était plus invitante. Vivre avec Thérèse, être deux, c'eût été cela, partager son humanisme souriant — mais objectif, ou neutre, puisque tout le monde y passait — pour tous les malheureux, à l'exception d'elle-même, l'Abeille, vivre avec les préoccupations et les grondements de la vieillesse — Thérèse eût dit: «Les difficultés psychologiques de l'âge d'or» —, et devant les pots de gouache, l'exquise table à dessin qui suivait docilement le mouvement de la main du peintre, l'Abeille avait détesté cet art de la peinture qui n'appartenait qu'à Paula, son enseignement furibond, ses

colères ou les morsures que lui inspirait sa méfiance jalouse, en amour. Le deux était mort, défunt, et Johnie
disait qu'il fallait téléphoner à Thérèse, comme si on en
fût encore aux premières fugues de Gérard — la police,
non, dit Polydor, Gérard, c'est à nous, pas à eux, ils se
mêlent bien assez de nos vies comme ça. Thérèse était
une femme raisonnable, disait Johnie, la seule, peut-être,
parmi les filles de la bande. Johnie tournait le dos à
l'Abeille qui était toujours debout près de son chevalet
vide, les planètes toutes rondes, sensuelles, seraient rouges, noires, d'un bleu chaud, on les verrait seules, silencieuses, dans l'espace et l'oiseau survivant serait seul, lui
aussi, sur une branche à l'écart. Oui mais le problème
avec Gérard, pensait l'Abeille, c'est qu'elle avait été trop
gâtée par de chevaleresques parents qui l'avaient adoptée
à un âge avancé, par les femmes qui n'avaient cessé de lui
rendre hommage, Gérard si séduisante et légère, croyait-
on, insouciante, avec son allure de garçon impénétrable
sous les boucles noires de ses cheveux, vêtue de ses ves-
tes cavalières que lui cousait sa mère, ses superbes costumes taillés sur mesure, Gérard qui hanterait le Club dans
son smoking dont le revers était de soie rouge. Il fallait,
bien sûr, revenir, ne jamais partir aussi longtemps sans
prévenir les filles, quelle égoïste! et les bras de Thérèse
recommençaient à envelopper les épaules de l'Abeille de
leur tendresse: assise toute raide devant la table de dessin
sur laquelle scintillaient les pots de gouache, comment ce
deux si charmant avait-il été brusquement interrompu?
Était-ce cette nouvelle volubilité technique de Thérèse qui
avait tant effrayé l'Abeille? — et ce XXIe siècle sans féerie? Plus qu'à l'Abeille à qui elle venait de s'offrir avec la
majesté de ses bras lourds autour de son cou, Thérèse
n'appartenait-elle pas à ce qu'elle appelait «des Collec-

tifs» — collectifs: réflexion sur l'éthique; collectifs: réflexion sur la flagrante discrimination des minorités visi-
bles, minorité dont elle ne semblait pas se rendre compte
qu'elle faisait partie. Il y avait bien assez de Polydor qui
voulait réformer l'ordre social, qui le réformait déjà dans
ses discours, à l'université, parmi ses théologiens poussiéreux qui n'avaient jamais remarqué que la femme pouvait
penser, être, moins encore Polydor dont le sexe était indé-
fini, pour son bien, ou indéfinissable pour le bien de tous,
Polydor qui serait un prêtre gai et une femme en plus,
quelle malchance, ou bien les deux, avait eu son agonie
devant la table de dessin, les pots de gouache, et cet op-
pressant souvenir de Paula, peignant au fond de sa cave,
sous l'ampoule électrique éclairant ses larges mains fé-
condes, tachées d'encre et de peinture qui apparaissaient
souvent la nuit dans les rêves de l'Abeille, magnétique
fantôme de Paula qui répétait: l'art, c'est fini, il n'y en
aura plus, pense à autre chose. L'Abeille, oui, c'était là
sans doute où la pensée de devenir deux avec une Thérèse
métamorphosée en ordinateur, réservant pour l'Abeille
tous les trésors de sa bonté et les merveilles de la techno-
logie moderne, qu'elle parle ou qu'elle écrive, que le ma-
riage avec l'âme rêvée s'était évanoui. Et Gérard sortait
beaucoup quand elle était encore avec nous, dans ses pantalons étroits, ses gilets élégants du samedi soir, ou le dé-
braillé de son t-shirt Mickey Mouse sous son smoking,
elle sortait beaucoup, et là-bas, aussi, dansant avec une
partenaire puis une autre, au clair de lune, la belle vie,
pensait l'Abeille, près de la mer, les bonheurs éphémères
de Gérard, au loin, ses nuits sans sommeil, oui mais elle
ne consommait jamais d'alcool, et que faisait-elle d'autre
pour compenser? Et l'Abeille éprouvait ces sentiments de
révolte envieuse qu'elle n'aimait pas observer en elle-

même: c'était si laid partir en auto avec une autre bande, des Américaines, nous faire cela, à nous, et comme ça, sans rien dire, vers une destination inconnue. Et Polydor avait rempli les armoires de conserves, nourri le chat, rapporté, du nettoyeur, à Doudouline, sa robe pailletée d'or, pour son concert, de l'or partout, disait Doudouline, même dans les cheveux, et Johnie s'offensa qu'elles aient déjà oublié Gérard pour parler de la robe que porterait Doudouline à son concert, mais c'était ainsi lorsque rien ne changeait, ne se modifiait pour le meilleur ou pour le pire, pensait l'Abeille, l'ennui se resserrait sur vous — et elle enviait à nouveau Gérard qui ne l'avait pas invitée à se joindre à ses plaisirs, là-bas, toutes ces offrandes à chaque port, les bars ouverts toute la nuit, nager dans l'eau verte, la nuit, quand il fait bon, en été, et ces femmes, tout autour, venues de partout, oui mais il y en avait une cette semaine, au Club, l'étudiante en médecine, un cerveau, paraît-il, elle est déjà chercheur et donne des conférences, oui mais quand la reverrait-elle? Les craquelures au plafond n'en devenaient que plus béantes et le temps s'arrêtait sur ces images: Paula descendant avec peine les marches de la pyramide El Castillo ou buvant sa tequila sous un soleil brûlant, quelques heures avant qu'elle ne se précipite dans les vagues et qu'un homme lui tende la main au-dessus de la tempête en criant: «Ich komme, ich komme», c'était là un tableau d'une force démoniaque imprimé dans la chair de l'Abeille comme l'eût été un tableau par Michel-Ange sous les voûtes de la chapelle Sixtine, mais la main de Dieu pouvait détruire autant qu'elle pouvait créer, et même si Paula n'avait pas péri pendant cet instant, quelque chose d'autre, en elle, n'avait-il pas été détruit, l'audace de sa confiance, de son entêtement?

On ne peut pas réparer la chair qui a été blessée, on ne se console pas de l'absence de ses morts, pensait Johnie, debout à la fenêtre, dans le flamboiement de l'automne que reflétait la vitre, sous les rideaux — cette phrase qu'elle avait écrite dans son essai, le matin, évoquait ces yeux endoloris de Radclyffe Hall qui avaient traversé les ténèbres, ces yeux de l'écrivain qui avaient été si vulnérables à la lumière dans les grandes souffrances qui avaient précédé sa mort —, ces ténèbres, nos préjugés, nos peurs infantiles, ou cette ère de persécutions que Radclyffe Hall avait pressentie et qui était bien la nôtre, et toutes ces pensées de Johnie se perdaient, latentes, parmi les cauchemars de la nuit, la vision de Gérard se débattant pour nager dans les eaux noires d'un étang marécageux où grouillaient des carpes ou ces monstruosités que l'on ne voit que dans les rêves, rôdant autour de nous dans une avidité glauque faite de crocs et de nageoires; celle de Johnie elle-même arpentant une suite d'escaliers rectangulaires, des escaliers reluisant d'une blancheur nacrée mais dont les marches vibraient sous les pieds pendant que Johnie appelait: «Gérard, Gérard», sans être entendue. Cette vision semblait plus effrayante que l'autre, avec les marches chancelantes de l'escalier, la forme des rectangles dont on ne pouvait s'évader, et c'est bien dans ce rêve que Johnie avait cueilli des roses blanches et roses privées de vie. Ne ressentait-elle pas encore ce contact de l'étoffe veloutée des roses, ces roses qui n'étaient pas vivantes, les blanches surtout, qui, lorsqu'elles étaient artificielles, dans les rêves, symbolisaient le détachement, l'abandon de la vie. Mais l'absence des vivants, comment s'en consoler aussi, car Gérard était peut-être simplement partie, comme elle en avait l'habitude en été, elle s'était enfuie dans ses souliers de plastique rouge, cherchant la

nouveauté de ses amusements avec des filles venues de
l'autre côté de la frontière. Depuis quelque temps, elle ne
revenait chez Johnie, au lever du jour, que pour culbuter
dans son lit, tout habillée, et pour Johnie, la brièveté de
ces sommeils de Gérard, ces sommeils qui étaient remplis
d'une autre matière que le sommeil, comme l'étaient les
fausses roses, les roses qui ne transpiraient pas, ne vivaient pas, ressemblaient à un coma, ce souffle irrégulier
de Gérard, dans le sommeil, l'avait tant de fois atterrée
qu'elle avait appelé un médecin. Puis soudain, au bord de
la cure, peut-être, Gérard n'était plus là, il n'y avait plus
une seule trace d'elle dans l'appartement de Johnie. Et
Johnie avait lu ces lettres de Lynda dans lesquelles «le
vent soufflait dans le Sahara», c'était au loin, et c'était là,
entre ces murs où vivait Johnie lorsqu'elle était seule, le
vent soufflait dans le Sahara, il continuait de souffler pendant qu'elle regardait tomber ces feuilles pourpres de
l'automne le long de la fenêtre, dans le salon de l'Abeille.
Lynda avait parcouru la côte méditerranéenne avec son
prince, un ingénieur ou un vendeur de pétrole, pensait
Johnie, elle avait vu d'immenses plages de sable fin, visi-
té les villes saintes de Montay, Idriss, Meknès et Volubilis
en sa compagnie, elle aussi avait vu des eucalyptus, des
lauriers-roses tournés vers la mer, elle avait elle aussi pra-
tiqué le tir à l'arc, l'équitation, vu la vallée des Casbahs,
et soudain il n'y avait plus que Lynda séparée de tous ces
paysages fabuleux: Lynda qui écoutait souffler le vent
dans le désert et qui écrivait à Johnie comme il y faisait
froid, la nuit, seule, là-bas, au son de la prière coranique,
tous ces hommes prostrés devant Allah, dans les villes
comme dans les champs, qu'il y faisait froid la nuit, pendant que le vent soufflait dans le désert, et Johnie savait-
elle qu'il y avait eu autrefois ici une mosquée dont les dô-

mes avaient été soutenus par vingt mille colonnes de marbre, quatre-vingts portes de bronze et des milliers de lam-
pes qui avaient brûlé toute la nuit. Ici, il y aurait la plus
merveilleuse mosquée du monde, et les malheureux en
dessous, et Johnie avait-elle terminé son roman, commencé son essai, sortait-elle encore la nuit avec son frère Gérard qui était une femme? Et le vent soufflait dans le désert, pensait Johnie, et il y aurait des portes de bronze, des
colonnes de marbre, et chacun devrait les payer avec son
sang, et comme cet ange caché qui avait ordonné à la
mère de Mahomet qu'elle portât son fils tout autour de la
terre, un ange invisible guiderait un jour Lynda jusqu'à sa
demeure, où elle retrouverait Johnie, cela Lynda le promettait, je reviendrai bientôt, Johnie, je reviendrai bientôt,
cet homme, si tu savais, partout il n'y a que des hommes,
et je n'ai que toi, Johnie — et le cœur de Johnie battait à
se rompre —, elle reviendrait, disait-elle, cet homme
l'avait déçue, oui, mais ensuite, il y en aurait un autre,
puis un autre, Lynda n'avait jamais vécu sans eux, et au
loin le regard de Lynda allait des portes de bronze de la
mosquée aux gratte-ciel pour les pauvres échafaudés sur
des chantiers de pourriture, parmi les chiens et les enfants
galeux, aux environs de ces palais et de ces mosquées
sonnant leurs dernières trompettes dans l'air du soir. Et
soudain Johnie pensait qu'elle était avec Lynda comme
autrefois, puisqu'elle pouvait percevoir la réalité par ses
yeux, bien que tout ce qu'écrivait Lynda lui fît mal, des
ânes épuisés agonisant au bord des autoroutes, à ces dou-
zaines d'oisillons étouffés dans une cage, dans un marché,
quand une femme européenne avait dit en regardant la
cage: «Les pauvres chéris» — ou des enfants que vendaient leurs mères dans les rues, du degré de cruauté infli-
gée aux agneaux, aux chevaux, pendant une boucherie. La

douleur coulait dans ces pages maladroites où Lynda parlait si peu d'elle-même, de ses chagrins, de ses décep-
tions, mais elles étaient si complices, pensait Johnie, qu'il
lui arrivait de percevoir les autres comme Johnie les per-
cevait. Mais lorsqu'elle écrivait: «En plein soleil... il est
trois heures... il ne pleut plus et j'entends l'aiguiseur de
couteaux qui passe», c'était comme les paroles de la femme européenne que ponctuait le ton de la pitié impuissan-
te «les pauvres chéris», devant les oisillons et leurs
chants, qui seraient égorgés pour le festin du soir — et
pour qui serait ce banquet? avait demandé Lynda, pendant
que les oiseaux s'égosillaient, serrés les uns contre les autres. Et l'un des voiles du pardon qui ne venait pas d'Allah mais des pluies du ciel devait s'étendre sur la terre, sur
tous ces sacrifices aux divinités cyniques et vengeresses,
pensait Johnie, oui, c'était sans doute là le signe, avec cette méditation de Lynda, en plein soleil, à trois heures,
qu'une pluie céleste viendrait purifier avec l'aiguiseur de
couteaux, tout ce sang qui serait bientôt versé, sur les plaines, dans les champs, les villes, et dans le désert où soufflait le vent.

Puis l'Abeille avait posé une toile sur son chevalet,
déployant autour d'elle, sur la table, sa palette et ses pinceaux — Paula lui montrait la gravure de l'arbre noir, calciné, dans sa chemise d'enfant de chœur dont les plis re-
couvraient à peine ses fesses nues, Paula s'apprêtant à
sortir, dans son sombre imperméable de détective, sa serviette bourrée de dessins sous le bras et lui arrachant avec
violence le walkman, l'inviolable walkman de l'Abeille,
Madonna, Tina Turner, oui, avec Paula, le monde s'effondrait à chaque heure —, et la main de l'Abeille tremblait
au contact de ses pinceaux, mais elle voyait cet aligne-

ment des planètes, tel qu'elle avait l'intention de le peindre, avec cet espace noir tout autour, et sur le point de
dessiner l'oiseau, sur sa branche, qui avait survécu à Star
War, car c'était lui — voilà pourquoi, pensait-elle, elle
rangeait toujours les planètes à côté, comme si elles eussent défilé seules vers l'infini —, elle se dit que, comme
cet oiseau, elle devait s'accrocher à sa branche, à ce qui
lui restait avant l'événement de Star War, avant que la terre n'éclate et aille à la dérive. Elle pouvait aimer, chanter
comme Doudouline, peindre ou exprimer par des couleurs, des couleurs qui étaient celles d'une retombée de
radiations sur la terre, son isolement, au paradis, mais un
paradis infiltré de funestes présages, et depuis que Thérèse ouvrait sa maison à tous, on l'entendait partout vanter
ses plats végétariens. L'Abeille avait un organisme en-
combré de poisons, la luzerne, le pissenlit qui était un dé-
puratif doux, la sauveraient. Étonnant, après tout ce
qu'elle avait bu, qu'elle ne fût pas encore atteinte de crise
hépatique, gavée de cholestérol à la table de Paula, elle
avait besoin de Thérèse, de ses conseils, de l'austérité de
ses principes afin de se reconstituer normalement. Tôt ou
tard, l'Abeille aurait des ulcères d'estomac, elle devait
donc manger de la luzerne, et si elle tenait tant au sexe
dans son fonctionnement vital — mais cela était malsain
et l'Abeille avait déjà des cernes sous les yeux —, si vraiment cela lui était indispensable, mais elle vivrait plus
longtemps si elle faisait moins l'amour, contrairement à
ce que l'on disait, qu'elle croque des bouts de céleri toute
la journée, le céleri était un aphrodisiaque sûr, lequel éli-
minait en plus les toxines, et l'Abeille en avait beaucoup,
disait Thérèse qui courait ses trois kilomètres chaque matin, le front haut sous le ruban élastique qui ramassait ses
cheveux en arrière, elle courait sans walkman, pensait

l'Abeille, ce qui était déjà une différence de génération, sans Michael Jackson suspendant sa musique stridente à ses oreilles, et cette course quotidienne aux abords d'une rivière couverte d'immondices semblait à l'Abeille un geste vain, dépourvu d'imagination, comme ces plats que perfectionnait Thérèse pour ses sans-abri. Puis l'Abeille avait vu cette lumière dorée ondoyant sur la toile, dans ce carré blanc où la toile était encore intacte, cette lumière de l'automne qui venait de la fenêtre où Johnie était silencieuse, et elle se dit qu'elle ressentait soudain l'absence de Gérard, c'était là, dans l'âme, le cœur, comme un trou à vif, soudain: où était Gérard? Où était Gérard? Cela venait avec la lumière dorée ondoyant sur la toile, cette question sans réponse, car l'Abeille venait de le pressentir, Gérard ne reviendrait plus.

Et Johnie revoyait Marianne, tapant une lettre à la machine, sous son chapeau à large bord, sur cette plage, sous ce ciel sillonné d'avions de guerre, au bord du Pacifique où elles s'étaient baignées, où elles s'étaient endormies, écrasées par la chaleur, l'une près de l'autre et il lui parut soudain inconcevable que Marianne fût à Jérusalem, ouvrant un musée, réunissant des artistes de tous les pays, lui parlant de Chagall dans ses lettres, à un moment où Johnie avait vu le matin en marchant vers la maison de l'Abeille, sur les murs des taudis de la ville, ces mots écrits en grosses lettres noires: «Israël, assassin», oui, se déroulait à notre insu — et c'était cela qui était de nature inconcevable pour les innocents de la terre — une foule d'événements atroces, une mise à feu et à sang que nos yeux n'avaient pas le courage de voir, car pendant que Marianne contemplait des œuvres d'art, les suspendait à des murs immaculés, s'éprenait de la vision d'un artiste

où la vie épurée de ses tragédies ressemblait à une cueillette d'or, avec ses lions et ses agneaux qui ne se confron-
taient plus, dans la paix des vitraux, le silence des cathédrales, des musées, pendant ce temps, mouraient tous les
jours des lanceurs de pierres venus de camps de réfugiés,
vers ces plages du Moyen-Orient où se succédaient des
massacres, des expiations sanguinaires dont se souciaient
peu les généraux et les fils de généraux qui les avait pro-
voqués, ils venaient sans armes, munis de cailloux, un
bandeau recouvrant leurs yeux, telle une nuée de colom-
bes aveugles et ils ne rentraient pas auprès de leurs mères,
le soir, car une patrouille de l'armée les avait tous fusillés,
et ils saignaient, ils saignaient, bien que leurs mères, leurs
sœurs, aient depuis longtemps cessé de les pleurer, ils saignaient encore parmi les pierres qu'ils avaient lancées sur
le sable des plages, dans les barbelés où leurs vêtements
déjà en lambeaux s'étaient attachés, avec des morceaux
de leur chair, et ils saignaient d'un sang noir dans ces lettres qui avaient été écrites pendant la nuit, sur ces murs
des taudis, tout près de la maison de l'Abeille, mais pour
Marianne qui avait écrit à Johnie, il n'y avait pas de lanceurs de pierres assassinés, il n'y avait que Jérusalem, la
Jérusalem heureuse qu'elle portait depuis longtemps dans
son cœur et cette pensée terrifiait Johnie, pour Marianne
comme pour elle-même, car il lui sembla soudain que
l'Histoire ayant toujours été «décidée» par des hommes,
fondée sur un idéal de vengeance armée qui n'appartenait
qu'à eux, les femmes, même lorsqu'elles y perdaient maris et enfants, agissaient comme si cette Histoire ne les eût
pas concernées, elles, et assistaient dans une inaction fau-
tive à leur propre agonie, comme le faisait Marianne dont
l'activité semblait soudain condamnable. Ou l'était-elle?
pensait Johnie. Pendant que le lion et l'agneau se blottis-

saient ensemble sous les mêmes rayons d'un feu divin,
dans les vitraux de Chagall, Marianne s'appropriait-elle
Chagall comme elle s'était emparée d'une île sur le Pacifique, avec son jardinier, son masseur et le chauffeur noir
à qui elle ordonnait, le matin, qu'on lave sa voiture pour
ses sorties du soir. Comme les barons et les princes elle
régnait sur ses collections de tableaux, ses galeries, car ne
pouvait-on pas tout acheter, pensait Johnie, de ces larmes
de Van Gogh courant affolé dans les rues d'Arles ou peignant parmi les vergers des champs, dans les déborde-
ments de la démence, jusqu'à cette oreille coupée qui
avait laissé sa tache écarlate sur un tableau? Celle qui
avait écrit à Johnie, d'une ville qui s'appelait en hébreu
«la paix apparaîtra» n'entendait pas les grondements de la
guerre sous les chants de la mosquée, bien que ce fût une
femme douée d'une grande sensibilité, se recueillant sur
la pierre tombale de ses morts, dans un parc, saluant avec
respect le rabbin dans ses prières. Il lui semblait pourtant
que la victoire et la justice ne pouvaient venir que de ces
jeunes hommes déambulant dans la Cité dans leurs habits
militaires, ou debout aux aguets, une main déjà appuyée
sur leur baïonnette, sous la voûte des oliviers. Johnie,
dans sa jeunesse, lui écrivait Marianne, ne pouvait rien
comprendre à ce peuple qui possédait la vérité, une par-
celle de la révélation divine sur la terre — cela qui devait
être défendu à tout prix — et les soldats avançaient avec
leurs tanks sous les cyprès, ils avançaient avec leurs trou-
pes et leurs jeeps dans le sable fin, vers ces lanceurs de
pierres venus de leurs camps de réfugiés, dans leurs vêtements pleins de vermine et quel malheur s'ils ne rentraient pas chez leurs mères, le soir, quel malheur si on les
avait tués, le matin. Marianne, qui était une femme bonne,
charitable, pleurait sur ses morts, car il y avait un prix à

payer pour la liberté, un prix indicible quand on volait son paradis à l'enfer. Et Johnie se souvenait de ses promenades avec Marianne dans ces allées de cailloux blancs, près de la mer, lorsqu'un chaton enfoui dans les broussailles avait attaqué une mouette, d'un seul coup de dents, elle voyait les pattes encore dressées vers le ciel sous les plumes tachées de sang, pendant que Marianne lui disait d'une voix calme: «Ne soyez pas si émue, ce n'est qu'une vie qui s'en va.» Cette même voix implacablement sereine ou calme devant la mort, Johnie l'entendait encore entre ces lignes qu'elle lisait: «Ici meurt un lanceur de pierres par jour, fusillé par nos patrouilles, mais je n'y puis rien, je n'y puis rien, ah! si vous étiez près de moi...» Mais Johnie pensait qu'elle ne serait jamais plus près de Marianne, dans son île ou ailleurs, si ce drame d'un sang invisible qui se répandait chaque jour, d'une muraille à l'autre, les séparait déjà, dans la Ville sainte où la Paix n'apparaissait pas. Il y avait une guerre secrète entre Marianne et Johnie dont Marianne ne semblait pas avoir conscience, pensait Johnie. C'est que Marianne, malgré son attachement sensuel pour Johnie, cet attachement qu'elle ne niait pas, car ne lui faisait-il pas honneur, et n'en avait-elle pas payé le prix en invitant Johnie dans son luxueux environnement, Marianne, sans le savoir, traitait Johnie comme elle avait traité son boy noir à qui elle avait commandé par un sifflement qu'on lui apportât sa vodka orange sur un plateau, plus encore, pensait Johnie, Johnie était son serviteur arabe courbé vers le sol, car au fond de l'âme, bien qu'elle fût attirée par elle — allant parfois jusqu'à l'admirer parce que Johnie apprenait le grec pour lire Sapho, dans le texte —, Marianne méprisait Johnie, Johnie et sa différence qui ne *devait* pas se voir. Peut-être le malaise de Johnie avait-il débuté quand, pour s'adresser à elle, Marianne lui disait «vous». Plus qu'une marque d'estime, curieusement, Johnie avait senti là quelque condescendance qui lui avait déplu, car ce «vous» la retranchait non seulement de la société à laquelle appartenait Marianne, mais ce «vous» noyé de caresses et de jeux charnels, masquait aussi une vérité — ou une réalité — que Marianne refusait de voir en elle-même. Plus tard, de retour à New York, Marianne n'avait-elle pas écrit à Johnie qu'elle lui rendrait toutes ses lettres, car, disait-elle, «mon mari ne doit rien savoir de tout cela, et je vous l'ai déjà dit, j'aime mon mari; et mon fils, qui étudie actuellement en Angleterre, ne doit rien savoir non plus». C'est là où Johnie avait senti le fouet de dureté qui la courbait vers le sol, bien que ce coup, appliqué d'une main distraite par Marianne qui pensait surtout à ses affaires, qui n'était pas une femme sentimentale — ce qu'elle partageait avec son mari, n'était-ce pas avant tout ses biens — lui eût donné une secousse nécessaire, qu'elle avait retrouvé avec ce rejet de Marianne son Ange de la Solitude qui l'avait toujours attendue dans l'ombre, comme pour lui dire: «Quand donc défendras-tu tes droits? Toi qui es un soldat sans armes, quand donc cesseras-tu de te camoufler dans le feuillage qui t'abrite chez les filles de la bande, quand donc seras-tu toi-même, face au monde, dans une clarté resplendissante?» Cette lettre de Marianne ne s'achevait-elle pas sur des mots que Johnie avait entendus déjà: «Vous êtes une lesbienne, et malgré mon attachement pour vous, je ne le suis pas. Nous ferions mieux d'oublier cette histoire.» Alors la guerre avait été franche et ouverte, pensait Johnie, on avait pu dénombrer les morts, entendre le timbre final du glas qui les séparerait à jamais, Marianne et Johnie, Johnie et Marianne qui jamais n'eussent dû se rencontrer, s'embrasser, s'aimer, avec cette épée de

l'Ange de la Solitude au milieu de leurs corps qui s'étrei-
gnaient sans se fondre. Et à cet instant, Johnie se mit à
penser combien ce mot «lesbienne» était porteur de libelle
diffamatoire, dans l'intention des autres, que malgré la ré-
volution la plus importante de son époque, il avait encore
les mêmes connotations d'insulte, de mépris honteux,
qu'au temps de Radclyffe Hall. Voilà pourquoi, ne trou-
vant pas d'autres mots, on était devenus, plutôt que tristes
dans l'accablement et le rejet, des êtres gais, se délivrant
d'un langage que l'imminence du racisme et du sexisme
avait depuis longtemps tari et taré. Tout cela, Johnie
l'écrirait plus tard, dans son essai, pensait-elle, bien que
cette pensée de l'Ère Gaie — après ses quelques éclairs de
libération vite censurés par les religions comme par les
États — lui parût s'ouvrir soudain — et qu'ils l'admettent
ou non, l'Église, comme l'État ou les Églises et les États,
ne pouvaient que se réjouir car enfin de tels châtiments,
ces châtiments dont on rêvait depuis des siècles, reve-
naient mettre un peu d'ordre dans tout ce chaos, le sexe
était la mort, le sexe devait être puni — sur l'ère de
l'Étoile Rose, Étoile d'une calamité qui avait mené des
milliers d'hommes dans des fours crématoires, dans les
prisons de la Sibérie — à ce moment même où Johnie
écrirait son essai, on venait les abattre en Sibérie, à
l'aube, d'un imprévisible coup de revolver à la nuque,
évitant ainsi, par humanité, disait-on, l'angoisse de la peine de mort. Étoile Rose que l'on n'épinglait plus au-
dehors, mais au-dedans, dans l'écoulement d'un sang vi-
cié, dans les veines, sang des sidatiques, sueurs, larmes,
spermes, c'est dans ce sang altéré par la constance des vi-
rus que la nouvelle victime de l'Étoile Rose dépérissait
maintenant, trépassait, dans une lenteur stigmatisante
comme dans la rapidité d'une foudroyante dissolution. Et

les saunas, les piscines, se vidaient, les hôpitaux, les maisons, les rues, les écoles, l'Étoilé de Rose s'effaçait, mou-
rait, chassé des lieux de sa vie, de la maison de son bonheur, où son amant, son enfant ou sa mère attendait qu'on
vînt l'épingler par le dedans, lui aussi, le crucifier, sans un
mot, ou dans d'autres cas encore, on isolait les Étoiles Roses des autres, petite fille noire décharnée dans sa robe de
tulle rose, jouant avec un ballon dans sa cage de verre,
exilés des hôpitaux, prisonniers des mouroirs, eux qui vivaient encore; la dignité de Johnie n'était-elle pas d'endu-
rer la perpétuité de l'Étoile Rose, sur son corps qui n'avait
pas été nommé encore, bien qu'on eût dit qu'elle était lesbienne ou gaie, sa dignité n'était-elle pas de savoir qu'elle
n'avait pas encore un nom qui fût nommé ou nommable,
mais qu'échouée parmi ses contemporains de l'Étoile
Rose, sa conquête d'une libération à vie comme sa frêle
conquête de la vie, n'avaient jamais été aussi menacées.

❑

Et Polydor avait nettoyé la chambre de Gérard, elle
ouvrait les stores qui avaient été si longtemps fermés, re-
faisait le lit d'une main ferme, sans un pli sous la couverture tirée sur les draps de flanelle, les oreillers moelleux
comme les aimait Gérard en hiver — bien qu'elle eût ten-
dance à lancer ses oreillers contre le mur quand elle ne
parvenait pas à s'endormir avec ses pilules, le matin, ou
qu'elle fît des cauchemars tout éveillée, telle cette halluci-
nation d'une puissance trop réelle dans laquelle elle se
voyait voleter entre les murs, perchée comme une chauve-
souris ou une araignée à une filandreuse lucarne mangée
par les vers d'où elle voyait que le monde avait été détruit, il ne restait plus que quelques personnes qui erraient

dans leurs manteaux de fourrure, sous les arcades déchi-
quetées, parmi les décombres qui fumaient. Mais elle en
était sûre, le monde avait été détruit, ce lit de Gérard gisait seul dans un flot de lumière vive pendant que Polydor
enlevait avec son chiffon l'âcre poussière qui couvrait encore les meubles, découvrant avec respect cet espace que
Gérard avait frileusement habité dans sa nuit, qu'elle allait bientôt réintégrer, aujourd'hui, peut-être demain,
puisque l'un de ses cheveux était encore suspendu comme
un fil de soie noire sur sa brosse, et que sur ses photos
d'enfance qu'elle avait collées au mur, elle souriait encore, dévoilant la blancheur de ses dents proéminentes, exhibant un lapin ou une autre bête que venaient de lui offrir
ses parents. Ici, elle était en bateau, sur les genoux de son
père, ou bien à cheval, encore avec lui, dans un costume
d'équitation, était-ce ce même Gérard, élevée au grand
air, qui passait maintenant ses nuits dans les bars, pensait
Polydor. Dieu vous attend dans l'Église anglicane, lui
avait dit son professeur, et Polydor pensait: il y a d'autres
théologies, l'islamique, la judaïque, pourquoi se borner à
l'Église la plus bête, la plus intolérante, là où saint Thomas d'Aquin vous suit encore dans la chambre à coucher,
où une confrérie de pénis décide si oui ou non nous de-
vons avoir des enfants, après nous avoir déflorées, et cette
lampe du gynécologue papal qui descend jusque dans notre voie utérine, si Doudouline pouvait seulement se dou-
ter, mais non, la musique, Gounod, et son opéra rock, cela
ondule sous sa chemise de nuit, ronde, chaude, voluptueuse, un Renoir, ma Doudouline, et Gérard souriait toujours
de ses dents proéminentes sur les photos d'enfance, et il y
avait cette soie noire des cheveux de Gérard, sur la brosse,
sur un meuble, près du lit, Gérard qui allait rentrer d'un
instant à l'autre, pensait Polydor. Et si Dieu attendait

Polydor dans l'Église anglicane, pourquoi ne lui faisait-il
pas signe? Tous ces étudiants qui se ruaient vers leurs di-
plômes, que deviendraient-ils lorsqu'ils auraient leur doc-
torat en théologie, serveurs dans les restaurants, ou chô-
meurs se rongeant les ongles devant la télévision? Les
postes de Dieu étaient tous occupés par Dieu lui-même,
par ces professeurs décrépits qui attendaient leurs retrai-
tes, plongés dans l'étude des sciences religieuses, pérorant
sur le salut de l'homme — car la femme, on n'en parlait
pas, pour ses vices, comme pour ses vertus. Aucune place,
parmi eux, pour Polydor qui savait que Dieu ne lui ferait
jamais signe, car pas plus que l'homme et les désagré-
ments de sa théologie, de sa philosophie, Polydor n'eût
toléré l'idée de Dieu, ce Dieu de la décrépitude érudite
qui occupait tous les postes de l'université, lequel anéan-
tissait le discordant esprit des jeunes. Elle voguait donc
seule, des bras chauds de Doudouline à la nuit obscure de
saint Jean de la Croix. Si elle écoutait scrupuleusement les
conseils de son professeur, c'était une femme qui avait été
ordonnée prêtre après tout, ce qui était déjà un fait impressionnant — «Lisez saint Jean de la Croix, vous verrez, lui avait-elle dit, Dieu vous fera signe dans ce chant
d'amour», et depuis, Polydor attendait ce signe de Dieu
qui n'apparaissait toujours pas, sauf que cette photogra-
phie où Gérard souriait de toutes ses dents proéminentes,
avec son lapin qu'elle tenait amoureusement contre elle,
lui infligeait une singulière méfiance, soudain, à l'égard
de tous les signes venus du ciel —, si Polydor avait la
chance de son côté, on finirait par l'ordonner un jour, elle
aussi, elle pourrait enfin semer la rébellion parmi les femmes et les prêtres gais, car il y en avait beaucoup, ou bien
on la ferait taire, elle recevrait la lettre de son évêque
l'implorant de faire pénitence en allant laver les infirmes,

soigner les vieillards, et un flot de lumière vive tombait
sur le lit de Gérard, et même sur la soie fine des cheveux,
sur la brosse, si c'était cela un signe venu du ciel dont il
fallait se méfier, pensait Polydor. Et soudain Polydor sentit que chacune exigeait trop d'elle, dans cette maison —
le chat affamé qui posait ses pattes de devant sur la table
de la cuisine, en miaulant d'une voix aiguë, l'Abeille et
ses nombreux écartèlements émotifs, elle pensait maintenant à l'étudiante en médecine aux yeux verts, celle qu'on
appelait un Cerveau, quand il eût été tellement plus simple d'être fidèle comme la plupart des gens —, Johnie et
les transports de l'écriture, oui, mais lorsqu'elle n'écrivait
pas, sa lucidité la paralysait pendant des jours, c'était
l'orage dans la maison, même le géranium qui entrait dans
sa tranquille hibernation, dans son pot, subissait ces mé-
gots de cigarettes que Johnie écrasait fébrilement parmi
ses feuilles, dans la terre trop souvent sèche. Et maintenant Doudouline appelait Polydor, au milieu de ses voca-
lises, la fermeture éclair venait de se coincer à son dos,
dans sa robe pailletée d'or, elle serait en retard pour la répétition de l'après-midi avec sa mère, avant le concert du
soir. Polydor connaissait bien pourtant le caractère imprévisible, fracassant de Sophie. Pendant les répétitions,
n'était-elle pas reconnue pour sa discipline légendaire,
que faisait Polydor dans la chambre de Gérard qui était
fermée, et l'Abeille, n'avait-elle pas encore découché cette nuit, n'avait-elle pas rencontré une autre femme encore,
un cerveau en sciences, en mathématiques? Non, dit Polydor, un médecin. Pour l'instant, l'Abeille était ici, devant
sa toile, elle peignait, et Polydor pensait, en remontant la
fermeture éclair sur le dos de Doudouline — Doudouline
qui frissonnait de froid sous sa soyeuse étoffe —, que si
elle n'était pas la maîtresse de Dieu comme saint Jean de

la Croix avait été son amant, au moment où il écrivait ses cantiques énamourés, en prison, du moins, elle était ici, dans sa vigilance, la femme qui appartenait à chacune, du chat plaintif — bien qu'il fût toujours prêt à vous mordre quand on jouait avec lui — qu'elle promenait autour de son cou, à Doudouline, l'Abeille, Johnie, Gérard, qu'elle avait tour à tour bercées sur son cœur. C'était sans doute là ce qu'il y avait de plus impérieusement divin sur la terre: veiller à ce que le réfrigérateur soit chaque jour rempli, consoler les humeurs chagrines et souvent blessantes de son prochain, puis Doudouline eut une moue dédaigneuse en regardant sa propre image que lui reflétait le miroir du salon: comment, pensait-elle, cette immense créature est-elle sortie du corps délicatement potelé de ma mère, d'elle, Sophie, élancée bien que petite, quand moi je suis opulente bien que mince? Polydor qui lui disait alors combien elle était belle fut rabrouée d'un mot sec: en peu de temps, ce qui la rendait déjà nerveuse et irritable, comme Sophie, Doudouline allait respirer le parfum austère des coulisses, cet air qui avait toujours été le sien, air renfermé des théâtres, des salles de répétition, c'était là, peut-être, où son lien avec Sophie devenait le plus fort, pensait Doudouline, jugeant qu'elle avait suffisamment maigri, pour plaire au monde du showbiz, qu'une partie d'elle-même comme les récifs de corail dans les mers s'en était allée avec cette histoire de régime, que c'était dans l'ampleur de sa personne que résidait la majesté, comme lui répétait Polydor si souvent, mais Sophie, sa fragile Sophie, son amour, en naissant, n'avait-elle pas brisé Sophie, ou emporté avec elle, dans sa souveraine vigueur, son appétit de vivre, la mère et la fille? Mais la voix, l'autorité, la puissance mélodieuse de la voix de Doudouline, d'où cela venait-il? De cette voix de Sophie, sans

doute, qui pouvait subjuguer des foules, qu'elle joue
Strindberg ou un autre, et les femmes, dans tout cela, où
étaient-elles, étaient-elles privées d'émotions, pourquoi
Sophie ne jouait-elle que des hommes, et encore, souvent
ils étaient dans la tombe, et Doudouline arrivait essoufflée
dans ces coulisses où l'attendait sa mère, à part Sophie
qui était toujours aussi impétueuse, on pouvait penser que
rien ne se passerait ici ce soir, sur cette scène encore sombre d'où Sophie — en talons hauts et en tailleur, pourquoi
était-elle comme toutes les autres, soudain, comme si
Doudouline eût rencontré une inconnue dans la rue —
parlait aux éclairagistes, car n'était-elle pas la seule à
connaître cette subtilité des éclairages qui rayonneraient
ce soir autour de la tête blonde, pailletée d'or, c'était un
peu punk mais sans doute à la mode, autour de ce visage
angélique de Doudouline, car seuls les anges n'avaient
pas besoin de maquillage sur une scène, et l'orchestre
rock, que la guitare, la basse, la batterie — pour la flûte,
elle s'y opposait encore, on n'était pas au temps de Noël
— viennent se faire entendre, la voix de Doudouline devait être admirablement soutenue. Doudouline, c'était le
cœur qui battait dans sa poitrine, le sang qui palpitait dans
ses veines, pas à chaque heure, mais ce soir oui, ce serait
le grand moment de leur union, ces bars-théâtres, les gens
salivaient leurs bières à leurs tables. Était-ce rassurant
pour les chanteurs, les musiciens, les acteurs? Et que
Doudouline avance un peu, elle avait l'air empesé, sa robe
l'étreignait un peu trop autour des hanches, qu'elle avance
un peu vers l'éclairage, bon, c'était bien ainsi, cet éclairage d'un rouge teinté de noir, et Doudouline regardait, déçue, la salle sombre du café-théâtre, les panneaux gris de
ses murs, et ces musiciens qui ajustaient leurs instruments
criards, dans leurs jeans troués aux genoux, sur la scène

où Sophie donnait des ordres de gauche à droite d'un ton tranchant, rien, rien de favorable ne pouvait se passer ici ce soir, dans un lieu aussi insalubre, pensait Doudouline, en se vaporisant les poumons des effluves chimiques de son bronchodilatateur, car sa gorge se nouait comme avant chaque concert, et pourtant elle était là, tapie en elle, sa Voix, celle qui ferait bientôt vibrer toute la salle de son timbre à la fois cacophonique, mélodique. «Sois expressive, disait Sophie, avec ton corps comme avec ta voix, essaie encore», et Doudouline pensait à ses poumons contractés, elle regardait sa mère avec une crainte résignée, en répétant: oui maman, oui maman, mais que se passera-t-il ce soir? Et soudain Doudouline se revit sur les genoux de son père, un père français celui-ci, on mangeait des carottes crues en ce temps-là, Sophie allait chercher l'eau au puits, les œufs au poulailler, car ces enfants d'auteurs et d'acteurs n'iraient jamais à l'école comme les autres, ils apprendraient à lire dans le dictionnaire, ils auraient un père venu de l'étranger avec l'accent pointu de France, un père qui reviendrait de Paris avec Sophie et Strindberg et Sophie avait appris à lire sur ses genoux. Tous ces pères de Doudouline viendraient au théâtre ce soir, qui sait, ils avaient depuis longtemps quitté leurs communes, car c'était à la ville que l'homme pouvait penser et agir — à quoi bon ces discours entre collègues sur Nietzsche et Rousseau, à la campagne, quand seuls les oiseaux vous écoutent? — et dans une subite nostalgie de leur territoire, les pères de Doudouline s'étaient ramassés dans les villes, les universités. Eux que Doudouline avait connus barbouillés de terre, parmi leurs enfants nus, dans les champs, paradaient désormais dans des costumes étriqués, ils se cloisonnaient parmi leurs livres, dans des maisons cossues, les œufs que l'on allait cueillir le matin, dans le poulailler, comme le chant du coq à l'aube, n'étaient plus que des souvenirs lointains, les pères de Doudouline avaient quitté la ferme — et les carottes, les choux que l'on mangeait crus — pour la ville où ils brassaient avec élégance les hautes affaires de l'esprit: eux qui étaient écrivains, critiques d'art, directeurs de revues célèbres, eux que l'on apercevait aux terrasses des cafés, en été, comme aux tables des meilleurs restaurants en hiver, hommes de goût et de lettres, ramperaient ce soir, avec leurs carnets de notes, jusqu'à cette salle sombre, minable, où Doudouline leur offrirait les chaudes variations de sa voix, tout ce qu'elle possédait au monde, cette voix, quand eux avaient la parole, cette parole qu'elle avait apprise sur les genoux de son père, parole de l'écrivain, du critique d'art, qui pourrait tout aussi bien la détruire ce soir, car les pères de Doudouline exerçaient un pouvoir aimable, mais capricieux. Elle avait les yeux bleus de son père, pensait Sophie, en guidant Doudouline vers la scène, sous l'éclairage rouge teinté de noir — et les ongles de Sophie s'enfonçaient énergiquement dans la main soudain toute moite de Doudouline —, mais la voix rejaillissait d'elle, Sophie, la voix exceptionnelle de Doudouline, d'elle seule, de ses fibres, de son sang, on était actrice, chanteuse, de mère en fille — quant au fils, c'était l'invisible poids de la maternité déchue, pensait Sophie, une pierre dans les entrailles, quand on y pense, s'enfuir avec les valises Hermès de son père, le jour même du divorce — dans cette famille, mais les yeux du père, pourquoi étaient-ils là, scrutant l'âme de Sophie dans le visage bienveillant de sa fille, que pouvaient-ils bien lui reprocher encore, son indépendance farouche, peut-être? Elle ne voulait pas d'un homme qui écrivait toute la journée sous son toit. Un maussade, un sceptique, un endurci, cela

écrivait en fumant sa pipe, empilant des manuscrits qui ne
seraient jamais publiés, cela discutait entre hommes, à la
commune, pendant qu'elle changeait les couches des enfants, cousait des rideaux, bloquait les fenêtres et les portes contre le froid en hiver. Strindberg, Rousseau, pourquoi ce regard tremblant, ce regard fugitif de Doudouline,
pourquoi les yeux de son père sous ses sourcils enfantins,
et Sophie dit à Doudouline qu'elle se tenait mal, un peu
plus d'élan, voyons, on ne chante pas les yeux baissés, allez-y, les musiciens, recommencez et Doudouline flageo-
lait en écoutant la voix de sa mère, la pensée de ces yeux
se posant sur elle, les yeux bleus du père de Doudouline,
songeait Sophie, c'était la sensation d'un contact trop intime, si intime qu'il en était déplaisant, ou bien c'était parce que Sophie avait porté Doudouline trop longtemps, la
captivité avait semblé longue, oui, mais elle n'avait pas le
droit de penser cela, Doudouline avait été une enfant ado-
rable et si vite aimée à la télévision, avec sa blondeur et
ses joues roses — «achetez le savon Caresse, pour Bébé»
— et le fils avait suivi de si près, les salles de répétition
en hiver, et Doudouline qui, lorsqu'elle était sur le point
de naître, était lourde, si lourde, la mère et la fille, aussi,
silhouette trapue marchant dans la neige. Claudel, Strindberg, avec Doudouline qui gigotait dans le ventre, mais on
ne les jouait plus aujourd'hui, Sophie irait dans l'Est, la
prostitution, la drogue, quel milieu! Ces auteurs farfelus
étaient trop audacieux, avec la langue surtout, qu'ils mal-
menaient. Se forcer à parler mal, cela torturait la bouche,
même si Sophie n'avait jamais eu de cours de diction
comme Doudouline — et même des cours de violon avec
un professeur qui venait à la commune, car c'est à peine si
Doudouline commençait à marcher —, elle n'avait pas
fait son Conservatoire comme tant d'autres, le théâtre

était une institution d'hommes où les femmes passaient inaperçues, on n'écoutait pas ce qu'elles avaient à dire. De toute façon, Strindberg, Ibsen, Claudel le faisaient pour elles, elles ressentent ceci et cela. Prenez garde! Sophie écrirait peut-être un jour pour elle-même, son expérience était là pour l'appuyer, Doudouline, le fils délinquant et vite la ménopause, les yeux bleus du père de Doudouline regardaient Sophie: et maintenant un froid hivernal descendait sur la ville, même si on était encore en automne, il ne tarderait pas à neiger sur les arbres rouges qui perdaient leurs feuilles dans le vent, et elles étaient toutes rassemblées dans le salon de l'Abeille, Thérèse qui avait délaissé ses sans-abri pour la journée, Doudouline après la triomphante soirée de son concert, mais il y avait longtemps déjà, eût-on dit, et l'hiver où les larmes vous saisissaient à la gorge, pensait Doudouline. L'Abeille était là, toute rigide contre le fond irradié et mauve de sa toile, Johnie qui tournait le dos à la fenêtre demandait ce qu'on ferait avec Gérard, où aimerait-elle, où, mais personne ne répondait, pas même Thérèse qui était assise sous le glorieux cadre du tableau où l'Abeille l'avait peinte, souriante, dans son maillot de bain, un jour d'été, *Thérèse ou les splendeurs de l'été,* elle ne disait rien, le visage à demi caché entre ses poings, dans une attitude vaincue que l'on voyait rarement chez elle, car c'était vrai, comme l'énonçait l'ordinateur, le Tiers-Monde, la lente destruction du Liban, et plus près de nous, cette vaste mobilisation de policiers, de juges tentant de retrouver tous les jours des enfants disparus, tués — effigies modernes drapées dans des suaires de plastique —, cueillis avec des gants dans les placards des immeubles, démembrés, violés, torturés par leurs pères, leurs frères, parfois un ami de la famille, et dire que depuis son retour, à la fin de l'été, Gérard se

cachait tout près, dans ce taudis, avec ces filles. Il aura
fallu ce feu maudit pour comprendre, tous ces taudis qui
brûlent les uns après les autres, en hiver, tout près, elle
était à notre porte, cette mobilisation d'hommes, les uns
plus sinistres que les autres, psychiatres, juges, policiers,
a-t-elle seulement du sens autour de la disparition de ces
corps diaphanes qui ont été violés, étranglés. Un paysan
faucha deux garçons après les avoir violés, parce qu'ils
avaient traversé son champ, dans l'est de la France. La
montagne, elle serait bien sur la montagne, les souliers de
plastique rouge, c'était déjà de l'imprudence, en plein hiver, j'aurais dû prévoir, imaginer, cette fille qui a couru
ses trente mètres à Séoul, quel douloureux effort dans sa
victoire, le visage, les muscles contractés. Et Johnie demandait encore ce qu'on ferait avec Gérard, et Thérèse revit l'athlète norvégienne qui s'était fracturé le pied droit,
pendant la course. Il y avait aussi cet insensible glissement des pieds de Gérard, dans leurs chaussures de plastique, sur la patinoire des rues — et ces fines chevilles de
Gérard bleuies par le froid. Le problème, les filles, dit
Thérèse d'un ton qui parut sentencieux à l'Abeille, c'est
que Gérard ne mangeait pas assez, et vous voyez ce qui
arrive quand on ne mange pas assez. Et l'Abeille fit remarquer à Thérèse qu'elle buvait son troisième café en
une heure, qu'elle avait recommencé à fumer, ce qui
n'était pas dans ses habitudes non plus, cela ne valait pas
la peine de faire des sermons aux autres, et l'Abeille pensa qu'elle n'aimait plus Thérèse puisqu'elle la critiquait,
et que ce serait une délivrance de ne plus aimer Thérèse,
ce serait comme une douleur dans la poitrine qui s'en va,
un point au cœur qui diminue, il ne reste que le cœur, on
ne l'agresse plus. Et Gérard prenait trop de place dans le
salon enfumé, pensait l'Abeille, elle que l'on voyait à pei-

ne remuer quand elle était là, Gérard soudain si réduite,
dans une urne, un vase, posé sur la table, Gérard s'étirait
partout dans son smoking, on l'entendait marcher, rire,
bâiller, le moindre souffle, à l'aube quand elle allait rejoindre Johnie, sous les draps, on l'entendait, et l'Abeille
vit entrer une femme dans la pièce, nulle ne la voyait car
c'était sa mère, sa mère vêtue de ses pâles vêtements
qu'elle portait sous un châle. Les derniers temps, à l'hôpital, sa mère lui demandait humblement de rapprocher son
lit de la fenêtre, oui, qu'on la rapproche un peu, mais cela,
personne ne le voyait, pas même Johnie si attentive à tout,
épiant tous les bruits de l'âme, seule l'Abeille savait que
les morts avaient autant de droits que les vivants, qu'ils
pouvaient apparaître, puis repartir avec une discrétion re-
pentie, comme ils étaient venus, et c'était comme dans le
rêve que l'Abeille avait fait pendant la nuit, l'Abeille ne
parvenait pas à rapprocher le lit de la fenêtre, et il y avait
ce déluge de sang sur les draps, sur les jambes de sa mère,
ce sang que le père lavait à mesure, car ne soignait-il pas
la malade depuis des mois, et maintenant c'était l'heure
de la morphine, mais ce sang, tout ce sang, l'Abeille ne
devait pas le voir, car il jaillissait, pourri, de l'utérus, bien
que le père de l'Abeille, avec une sublime patience, le la-
vât à mesure, ce n'était rien, mais plusieurs mouraient de
ce mal-là, il y aurait des cris lancinants, l'Abeille ne devait pas voir ni entendre, qu'elle retourne à ses devoirs,
qu'elle travaille ses gammes sur le piano maternel, le piano du professeur de piano qui était aussi un compositeur,
mais un compositeur dont on n'entendrait jamais la musique, internée tôt dans un hôpital, avec cette furieuse rumeur de sang empoisonné dans les ovaires, dans l'utérus,
une rumeur qui bourdonnait maintenant chaque mois aux
tempes de l'Abeille, il fallait s'en distraire, lui échapper,

oui, mais l'Abeille avait le devoir de perpétuer le destin
inachevé de sa mère, de le reprendre — sa mère qui était
désormais sa fille —, cette mère que les adversités d'une
époque de noirceur hostile à tous les artistes — mais
nous en étions toujours là —, qui avait besoin de Chopin
incarné dans un corps de femme, cette mère que les adversités et le cancer avaient saignée, car c'était le mot qui
revenait à l'esprit de l'Abeille, la maternité, les servilités
de la maladie avaient saigné sa mère à froid et c'est en regardant cette blanche lumière froide du dehors qu'elle
avait fermé les yeux sur le monde. Il y a eu au moins quatre ovations, pensait Doudouline, quatre fois je suis reve-
nue sur la scène, et ils criaient toujours bravo, maman, il
faut attendre maman qui arrivera d'une minute à l'autre,
elle nous sortira bien de cette situation, les larmes cou-
laient toujours des yeux bleus de Doudouline: qu'allons-
nous faire avec Gérard? qu'allons-nous faire avec Gérard?
C'était court comme cérémonie, je n'aurais pas imaginé
que cela serait si court, dans quelques jours ce sera son
anniversaire, nous, nous, un autre nous qui s'en va, nous
ferons comme d'habitude, nous la fêterons, vingt ans, cela
se fête, toutes les autres ont pu atteindre la porte, pourquoi
pas Gérard, mon Dieu, pourquoi pas Gérard, elle qui ne
dormait jamais la nuit, pourquoi s'est-elle endormie cette
nuit-là? Maman va arriver d'une minute à l'autre, ne vous
énervez pas, les filles, toi, Polydor, donne-nous à manger,
même ces pères de Doudouline avaient applaudi de leurs
mains tapageuses, eux, les circonspects, les soupçonneux,
ce soir-là, ils avaient applaudi et crié bravo, et Doudouline s'était inclinée sur la scène tenant comme une poupée
sur son cœur l'énorme bouquet de roses, et soudain la céleste mélodie de Gounod, celle que l'on entendait dans les
rêves, la nuit, s'était tue, se taisait, Gérard était là, au mi-

lieu de la pièce, mais ce n'était plus comme avant, les souliers rouges que l'on avait vus luire au soleil, les souliers de la dernière mode punk — comme la chaînette d'or au cou de Gérard, la chaîne de fidélité qui unissait Johnie et Gérard, bien que Johnie n'eût jamais apprécié qu'il y eût une croix à son extrémité —, les souliers rouges, la chaînette d'or étaient toujours intacts, mais légèrement carbonisés, et Gérard était encore debout, un doigt sur ses lèvres boudeuses devant les stores qui n'avaient pas été ouverts depuis plusieurs mois, les stores qui désormais seraient toujours clos. Et chassez-moi toute cette fumée, ouvrez la fenêtre! dit l'Abeille, je veux peindre, le ciel, les arbres, les feuilles, ce qu'il en reste avant l'hiver. Et Paula poussait l'Abeille contre le mur de sa cave lunaire, pendant que séchaient les gravures, sur un coin de table, dans les lueurs blafardes de l'ampoule électrique qui en éclairait les contours sombres, inquiétants, et tout en étreignant l'Abeille avec véhémence, ne tentait-elle pas de l'étouffer? Non, pensait l'Abeille, l'Abeille avait eu tort d'éveiller sa fureur jalouse, de la provoquer, Paula avait enseigné la gravure à l'Abeille, l'avait stimulée, désormais elle finirait tous ses tableaux, reprendrait ses cours de dessin avec assiduité, tout ce qui se passait dans cette maison, ce salon enfumé depuis quelques heures était irréel, fantomatique, comme lorsqu'on cherche son chemin dans le brouillard. Et l'Abeille sursauta de rage lorsqu'elle entendit Polydor qui commandait des pizzas, des frites, d'une voix sèche par téléphone — il semblait invraisemblable que Doudouline pût avaler sa pizza aux anchois comme elle le faisait chaque jour, par quel mécanisme scandaleux du corps répétait-elle ces mêmes gestes aujourd'hui? Mais Polydor leur rappela à toutes qu'elles n'avaient pas mangé depuis la veille, et le chat miaulait à la porte. Et Doudou-

line dit: «Ce n'est quand même pas ma faute si j'ai faim.»
Elle avait posé la boîte de Kleenex, près d'elle, et essuyait
ses yeux à mesure. Sur les plages de Bébé Doc, on se laisse bronzer aux sons des mitraillettes, des fusils, sur les
plages de Bébé Doc, oui, mais ce solo du violoncelle ce
n'était pas assez percutant, c'est maman qui a raison, de
quinte en quinte il faut arriver à leur perforer l'âme, mais
on ne fait que les effleurer, ils rentrent chez eux et ou-
blient tout, le vieux despote est toujours sur la Côte
d'Azur, soudain il y eut un vibrato plus insistant, et même
papa est venu m'embrasser en disant — il aurait bien pu
se passer de me le dire: «J'avoue franchement que tu
m'étonnes, ma fille, oui, il y a une pensée là-dessous, et
une pensée sociale, de portée politique, jamais je n'aurais
cru ça de toi, c'est que je te vois encore sur mes genoux,
comme lorsque je t'apprenais à lire, quel rythme, ma chérie, quelle voix, tu m'as secoué sur mon siège, ta mère me
dit que tu écris un opéra rock, bravo!» Et jamais Doudouline n'avait vu sa mère aussi radieuse, dommage pour Gérard — elle recommença à pleurer de façon saccadée, les
seins tout bouleversés sous son chemisier de soie, observa
Polydor qui caressait le chat, dans la cuisine —, oui,
c'était si dommage, Sophie qui se tenait dans l'ombre, à
l'arrière du théâtre, n'avait jamais été aussi éclatante, pensait Doudouline, ses yeux brillaient de fierté pendant
qu'elle regardait sa fille se déhanchant sur la scène, dans
sa robe pailletée d'or, voilà, c'est bien, semblait-elle dire
— bien qu'elle fût très nerveuse et ne cessât de se promener dans la salle —, c'est de l'art, du travail sérieux. Elle
avait échangé le tailleur gris de l'après-midi, les souliers
aux talons hauts, pour un costume juvénile, en jean, son
élégance était souple, rafraîchissante, pensa Doudouline
— et à cet instant-là, il y avait eu ce vibrato puissant tant

attendu, et la mère et la fille avaient eu l'une pour l'autre
le même regard de reconnaissance assurée —, dommage
pour Gérard, oui, mais pourquoi fréquentait-elle ces filles
de Provincetown, pourquoi se cachait-elle avec leur bande
dans un taudis, une trahison, une vraie, et Thérèse qui buvait son quatrième café, sous le tableau lumineux de
l'Abeille, ne semblait-elle pas avoir imperceptiblement
changé, mûri, dévoilant un front que marquaient déjà les
travaux de l'intelligence, Thérèse dit sévèrement à
l'Abeille: «Je ne te comprends pas, non, d'ouvrir des bières, un jour pareil, quand nous venons d'assister à une
cérémonie si pénible avec les parents de Gérard.» Et
l'Abeille revit la fille aux yeux verts qui lui avait souri au
Club, l'intelligence était là aussi, l'étudiante en médecine
viendrait voir ses tableaux cette semaine, heureusement
que l'amour pouvait s'en aller comme un point au cœur
qui diminue d'intensité, une douleur dans la poitrine qui
s'apaise, toute cette fumée, dans son salon, ces malodo-
rantes odeurs de bière, l'hiver, avec notre Gérard, commençait ses sacrifices, son charnier, ses hécatombes, un
portrait de Gérard, dans son smoking, ses souliers rouges,
les boucles de ses cheveux au vent, oui, mais pour les
souliers, ils avaient été carbonisés en une nuit, quant à
Gérard, quant à Gérard, on laisserait les stores fermés
maintenant ou bien on déménagerait chez Thérèse, ce
n'était pas le moment de penser à elle, cette fille qui était
un Cerveau qui avait les yeux verts, pas le moment du
tout, je devrais avoir honte, et tout était prêt pour le grand
voyage, vraiment tout, leurs valises dans le vestibule, le
choix de la compagnie aérienne inscrite avec leurs noms,
ils allaient partir comme chaque année en hiver, le ciel
clément de la Floride, ils allaient partir, et cette sonnerie
du téléphone au milieu de la nuit, les uns avaient pu se ré-

veiller et sortir à temps parmi les locataires, les autres
non, pas Gérard, elle était trop engourdie, engourdie, notre fille? L'oxygène n'était pas arrivé à temps, que faire,
en fait, elle ne dormait sans doute pas, elle venait de rentrer, riant et titubant, avait dit sa logeuse aux journalistes,
ces jeunes gens d'aujourd'hui qui vivent sans principes,
riant et titubant dans des escaliers en ruine, se réfugiant
dans des logements malpropres où ils se droguaient, se pi-
quaient, et il y avait sans doute des orgies là-haut, on les
entendait chuchoter jusqu'à l'aube. Et les parents de Gérard, ces grêles créatures dont les fronts étaient maintenant garnis d'un duvet blanc, n'iraient jamais en Floride,
jamais plus, ne cultiveraient plus leur jardin en été, pensait Thérèse, car ils avaient été dépouillés de leur raison
de vivre, Gérard, il y avait eu ce tas de cendres à l'horizon, sous lequel le lapin avait été enseveli, et maintenant
Gérard, quel jour était-ce quand Gérard avait essayé son
smoking? Ses doigts, le frôlement des doigts de Gérard
sur le crâne dénudé — friable comme le crâne d'un nou-
veau-né, car Thérèse avait tenu tant de ces petits vieux
dans ses bras, friable, sous les cheveux clairsemés — de
sa mère qui recousait le bas du pantalon, et le smoking au
revers de soie rouge, calciné, lui aussi, incinéré, et les parents avaient suivi le service d'un air désemparé, une cérémonie si simple, si sobre, pourtant, on les avait incinérés, eux aussi, avec le smoking dont le revers était de soie
rouge, et silencieusement s'enlisaient dans le feu ces boucles noires des cheveux de Gérard, ne laissant qu'une
odeur de soufre et de putréfaction. Cette couronne de cheveux sombres répandus sur cet oreiller où Johnie et Gérard avaient posé leurs têtes l'une près de l'autre dans un
même éparpillement joyeux. Les valises les attendaient
toujours, dans le vestibule, mais ils savaient qu'ils ne par-

tiraient pas cette année, qu'ils ne quitteraient plus leur maison, leur jardin, trop de cendres, trop de cendres tout autour. Et Polydor vit toute cette vaisselle sale qu'il était temps de laver et en plongeant ses mains dans l'eau savonneuse, elle pensa à ce mystique contemporain qui avait dit à la télévision: «Dieu c'est l'autre, le visage de l'autre, Dieu, ce n'est que cela.» Que faire quand le visage de l'autre disparaissait sous les cendres? Où aller trouver Dieu? Et ce visage de Dieu tant aimé pour sa grâce et sa beauté s'évanouissait sous les flammes, et le feu, le froid, la neige le piétinaient sans pitié, car le temps d'un incendie qui avait tout dévasté, le ciel s'était ouvert sur ce visage soudain absent de Gérard, ce sourire de Dieu au-dessus de nos malheurs, car avant le feu et l'arrivée de la voiture rouge des pompiers — sur laquelle il était écrit «ravitaillement d'air» quand l'air n'entrait déjà plus dans la cage pulmonaire de Gérard —, pendant que clignotaient les feux de l'urgence sur la neige qui commençait à tomber à gros flocons humides, c'est le froid qui avait dû surprendre Gérard, dont les pieds étaient nus dans ses souliers, les murs s'étaient effondrés dans l'explosion, mais c'était une explosion si sourde que Gérard ne l'avait pas entendue, c'est le froid qui avait surpris Gérard tombant tout habillée sur son lit, le froid qui l'avait soudain emmurée et capturée vivante. Et dans la rue, le fils de l'épicier sautait de son vélo, il grimpait l'escalier avec les pizzas et un carton de bières sous le bras et toutes allaient s'attabler ou manger debout comme Johnie, et que dirait Sophie lorsqu'elle verrait tout ce désordre, pensa Doudouline en se léchant les doigts, elle dirait sans doute que Gérard avait eu tort de boire six cognacs avant de se coucher ce soir-là, elle qui était allergique à l'alcool, qui n'en avait jamais bu, que tout venait de là, que lorsque l'on buvait,

tiens, Doudouline n'avait-elle pas remarqué que son père
abusait de l'alcool, Doudouline avait-elle remarqué le soir
du concert, dommage pour Gérard, j'ai tellement faim, je
ne peux plus me retenir, Sophie en avait vu des choses
dans l'Est que Strindberg n'eût pas approuvées, ces garçons, ces filles qui vendaient leurs corps, et ce n'était pas
tout. Ces filles ne pouvaient donc pas la laisser en paix,
maintenant Gérard, non, c'était trop, on rêve d'un bon
week-end à la campagne, et puis Gérard, elle leur avait
bien dit que cela finirait mal, l'oisiveté malsaine, la paresse, vous voyez ce que je veux dire maintenant? Même cet
opéra rock de Doudouline, c'était troublant, pour Bébé
Doc, elle acceptait, mais quand il était question d'écoliers
de dix ans qui consommaient des drogues, non, ce n'était
pas vrai, pourquoi écrire cela dans un opéra, elle proteste-
rait, et Polydor rangeait la vaisselle, des morceaux de pizza traînaient encore sur la table du salon quand Sophie ap-
parut, dans son tailleur gris — elle portait même une
écharpe noire autour du cou, pensa Doudouline, comme si
sa mère, avec cette écharpe, eût soudain convoité une partie de sa peine, le chagrin, le malheur, cela n'appartenait
qu'aux filles de la bande, pas à Sophie, cet autre mot, il ne
fallait pas le prononcer tout de suite, ce malheur, ce deuil,
non, ne pas le prononcer, après tout, Gérard n'avait jamais
obtenu le rôle, dans le Molière de Sophie, la peine, le chagrin, cela devait rester entre nous. Sophie dit en posant les
yeux sur la poitrine ronde de Doudouline: «Bon, assez
pleuré, je sais, moi, ce que nous allons faire avec Gérard,
sortez vos manteaux les filles, allez, bougez.» Et Doudouline pensa en regardant sa mère, voilà maman qui joue
Euripide, dans son vilain tailleur, juchée sur ses talons
hauts, pour mieux nous donner des ordres, mais dans un
mouvement spontané qui étonna Polydor, Sophie s'appro-

cha de Doudouline qui était toujours assise devant sa pizza et elle lui entoura la tête de ses mains, en murmurant
d'une voix soudain cassée par l'émotion: ah! mes pauvres
enfants, mes pauvres enfants! Ce geste semblait aussi pro-
tecteur que possessif — car ces yeux bleus de Doudouline
n'eussent dû jamais pleurer, déjà leur clarté s'ombrageait
dans cette substance âcre, infâme, des premières larmes
de deuil, ce mot, il faudrait bientôt le dire — car c'est un
bien grand deuil, dit Sophie, écartant ses longs doigts
dans les cheveux de Doudouline, ces cheveux courts qui
étaient encore pailletés d'or, n'était-elle pas compatissan-
te et lourde, comme autrefois, lorsqu'elle était enceinte,
ce qui lui répugnait car lorsqu'elle avait prononcé le mot
deuil, chacune des filles l'avait regardée avec une dureté
féroce, elle avait senti tous ces regards parcourir son dos
et elle avait pensé, lourde, je suis lourde, il faut dire les
choses telles qu'elles sont, dit Sophie, après tout, il faut
les dire. Oscillante sur ses hauts talons, Sophie attendait,
écoutait, puis elle poursuivit sur le même ton déférent,
oui, ce matin, ce n'était pas une cérémonie ordinaire, mais
bien quelque chose d'ordre sacré, la mort, la crémation,
ah! comment appelle-t-on cela, aide-moi, Doudouline,
mais c'était très court, dit Doudouline en pleurant, maman, cela s'appelle une incinération, c'est à cause des cognacs, des pilules pour dormir, dit Sophie, elle n'a pas eu
le temps de souffrir, pensa Thérèse, et nous irons bientôt
sur la montagne, dit Thérèse qui s'était penchée pour
nouer les lacets de ses chaussures de jogging, et l'Abeille
porta la main à son cœur. C'était un jour blanc, un jour funéraire et Thérèse — que l'Abeille avait jadis appelée sa
Géante, dans l'intimité, ainsi elle pliait confortablement
en deux, pour elle-même, cette haute tige saine dont l'ombre studieuse l'encombrait maintenant dans ses meubles,

avec ses bras, ses pieds géants, enfilant les chaussures de
jogging aux semelles racornies par la marche —, Thérèse
irait courir comme autrefois dans la montagne, n'était-ce
pas pour elle un jour comme un autre? Elle irait vers cette
ligne du soleil qui pâlissait si vite en hiver à l'horizon,
quand, dans le salon de l'Abeille, les rainures étaient toujours au plafond de la chambre, avec leur multiplicité af-
fligeante, quand Gérard était toujours là, dans la pièce,
Gérard dont on ne savait que faire. La montagne, avait dit
Thérèse, semer son âme là-haut, dans cet air irrespirable
de nos fausses cimes, air qui brûlerait à son contact, car
Gérard était encore chaude, intolérablement brûlante, les
os, le cœur incendiés, pensait l'Abeille, et Paula longeait
le boulevard, le vent froid dispersant le bandeau de ses
cheveux qui retombait sur ses joues creuses, elle tenait
d'une main repliée par le froid son grand cartable de dessins, et il lui semblait que son cœur battait trop fort entre
ses côtes — ces coups étaient indésirables, comme si
Paula eût marché dans les détonations d'un tambour, elle
cesserait bien de fumer un jour, pour l'instant, une cigarette pendait encore au bout de ses lèvres, une attaque,
avait dit le médecin, vous aurez une attaque, au moins,
elle aurait bien vécu, pensait-elle, une attaque, ils ne la
connaissaient pas, ces docteurs adolescents qui avaient
encore la goutte de lait au nez, pour qui se prenaient-ils
pour lui faire la morale? Si son cœur battait démesuré-
ment, c'était à cause de cette fille, l'Abeille, pensait-elle,
Paula l'avait bien un peu rabrouée, dans ses états jaloux,
mais il n'y avait pas de quoi fuir comme le lièvre sous le
pas du chasseur, et pour qui l'avait-elle quittée, c'était
obscur tout cela, qui n'eût pas été colérique devant tant de
stupidité, l'Abeille n'avait pas su l'apprécier, elle, Paula,
sa maturité, sa profondeur, Paula était d'une génération

pensante, elle, comme Sophie qui avait pioché son Strindberg, comme Cécile, la mère de l'Abeille avec ses découvertes en structures musicales, et aujourd'hui sa fille
écoutait ce Michael Jackson, une sorte de romantisme dé-
cadent à la Chopin avait lentement détérioré la mère de
l'Abeille, lamentable, lamentable, tout cela — et qu'elle
ne glisse pas dans la merde comme la dernière fois, un
mois dans le plâtre à cause de ses larges pieds plats — et
maintenant Paula donnait des cours du soir à tous ces
illettrés des Beaux-Arts, de l'université, gratuitement, tant
elle était désabusée, elle n'avait pas eu la mère de
l'Abeille, trop chaste pour Paula, elle pouvait se féliciter
d'avoir eu la fille, c'est charmant mais acide, à cet âge,
Cécile avait été fidèle à un mari militaire, un bonhomme
dans l'armée qui ne comprenait rien à sa musique, à la fin
elle délirait à l'hôpital. Un lien privilégié entre elle et
l'Abeille, quel déchirement de voir cela, à la fin, et Paula
entendait battre son cœur très fort, entre ses côtes, c'est
vrai qu'elle avait été un peu violente, mais dans la vie, on
devrait pardonner, Paula pardonnait bien, elle, on voit
qu'elles n'ont jamais reçu de coups de ceinture de cuir sur
les cuisses, tiens, comment se débarrasser de ses sœurs,
recette pour se débarrasser de ses sœurs un jour où l'on
s'ennuie, et Paula songeait avec désespoir que c'était aujourd'hui le jour de madame Boudreau, que lorsqu'elle
rentrerait dans son appartement nettoyé, ciré de près, dans
la nuit, elle verrait, en allumant la lampe, ces housses sur
les fauteuils du salon, et aucune silhouette appliquée à
peindre ou à dessiner, derrière la porte vitrée du salon familial, elle se trouverait bien quelqu'un pour la nuit, sinon
elle irait au Club, la cueillette défraîchie de l'aube n'attendait souvent que cela. Mais l'Abeille, c'était dodu, mous-
su, on la tenait bien au chaud entre ses jambes, touchant,

attachant, la fille ou le fils du docteur devait être chirurgien, chirurgien, et pendant ce temps, les gravures séchaient dans la cave, et ce dessin de l'arbre noir, calciné,
dans ce jardin à Paris, si elle l'avait repris tant de fois,
c'était pour l'offrir à l'Abeille, lui en faire cadeau, ce soir,
l'Abeille qui ne serait pas là quand Paula reviendrait tard,
cette nuit, une cigarette tremblant au bout des lèvres, les
cheveux épars sur ses joues creuses.

On eût dit que Gérard était encore là, alanguie dans le
fauteuil de velours de l'Abeille, pensait Johnie, elles s'ai-
maient tant, autrefois, dans ces meubles miteux, près du
pont, ses cils si longs vous caressaient le visage, ses joues
de marbre, ses cheveux bouclés, et soudain cette vision de
leurs jambes retombant l'une sur l'autre, avec lassitude,
dans le grand lit acheté à crédit, mais habillez-vous,
qu'est-ce que vous avez toutes à me regarder de cet air
béat, dit Sophie, nous allons sortir dans ma voiture avec
Gérard, il est temps maintenant de, nous irons sur le pont,
et au-dessus du fleuve nous arrêterons, Doudouline, où
sont les fleurs, il nous faut aussi des fleurs — et Thérèse
courait déjà vers la montagne, là-haut, elle serait mieux
là-haut, dans certains pays, lorsqu'on franchissait cette
zone d'insalubrité au-dessus des collines, des montagnes,
loin de la brume poisseuse des villes, on atteignait soudain des paysages grandioses dans lesquels ruminaient
des troupeaux de vaches, sous un ciel bleu, l'innocence de
la nature, sa féerie champêtre, viendrait-il un temps où on
ne les cernerait plus que dans les photographies des cartes
postales? — et le cavalier armé passait à cheval sous les
branches neigeuses, il était monstrueusement gros et gravissait nonchalamment la montagne, sa main gantée se
posant parfois sur son revolver, là-haut, elle sera bien là-

haut. Pourquoi Thérèse n'avait-elle pas jeté toutes les Valium à la fois, dans les toilettes? Et maintenant, il était trop tard, le brasier avait été allumé pendant la nuit, il n'y avait plus de Gérard, nous nous arrêterons sur le fleuve et nous prierons, dit Sophie, et Doudouline repoussa brusquement sa mère en disant: Je t'en prie, maman, tais-toi! Ton père ne voulait pas qu'on te fasse baptiser, dit Sophie, ces intellectuels de gauche, oui et nous irons près du fleuve, poursuivait Sophie, d'un ton théâtral, et là, Gérard pourra s'envoler, elle sera libérée, l'air lui fera du bien, elle partira le long du fleuve, de la mer, l'Atlantique, elle n'aime que l'Atlantique, dit Doudouline, on y dansait avec les filles, le soir, au clair de lune, les bars étaient toujours remplis à craquer. Ces lueurs rouges, dans la rue, hein, l'Abeille, tu te souviens, dit Doudouline en se mouchant un long coup, c'est affreux ce qui nous arrive, c'est trop affreux, Gérard qui n'aimait pas l'eau, qui n'a jamais voulu se baigner dans un lac, parce que l'eau était trop froide, et les filles sortaient avec leurs manteaux sur l'épaule, trop préoccupées pour se vêtir, oubliant la toile de l'Abeille, sur son chevalet, leurs cigarettes qui fumaient encore dans les cendriers, il y avait Gérard, parmi elles, encore chaude comme une pluie de feu, dans la boîte de métal, pensa l'Abeille, et Johnie qui était assise aux côtés de Sophie qui conduisait la voiture, la tenait sur ses genoux, Doudouline, l'Abeille, Polydor étaient blotties l'une contre l'autre, en arrière, et ses mains tremblant au volant. Sophie pensait qu'elle était une mère coupable. Pourquoi n'avait-elle pas empêché une telle catastrophe? Et ce stoïque profil de Johnie, à ses côtés, Johnie qui ne pleurait pas, ne l'accusait-il pas, ce visage? Coupable de ne pas avoir offert un rôle à Gérard dans son Molière, elle aurait pu, elle en avait été le metteur en scène, mais cette

malheureuse réticence qu'elle avait éprouvée, Gérard lui
répétant que la vie n'était rien, non, Sophie avait dit non,
et le rôle lui avait été refusé, au dernier moment. Oh! ce
n'est rien, la vie, disait Gérard, en riant, et ces parents qui
assistaient à l'office des morts, sans voix, sans pleurs,
l'air égaré, pauvres vieux, mais c'était très court comme
cérémonie, répéta Doudouline, réprimandant ensuite sa
mère parce qu'elle conduisait trop vite, rien ne pressait
pour arriver sur le pont, le long du fleuve, on pouvait bien
errer comme ça toute la nuit, jusqu'à la mer, et dans son
tailleur gris, sous l'écharpe de laine noire qui lui serrait le
cou, Sophie pensait encore, je suis coupable, oui, le jour
de l'argenterie, quand Gérard avait déplacé une fourchette
d'argent dans le tiroir, n'ai-je pas crié? L'argenterie, les
livres reliés dans la bibliothèque, les verres de cristal, elles déplaçaient tout, ces filles, et bientôt ce serait la nuit,
sur le pont et le fleuve illuminés, pensait Johnie, c'est ici,
tout près, dans l'un de ces taudis, dans l'un de ces taudis
que rongeraient bientôt les flammes, qu'elles s'étaient en-
lacées, aimées, Johnie, Gérard, dans le lit acheté à crédit,
et ce geste lent, paresseux de Gérard qui s'endormait près
d'elle, étendant tout autour sa nuit pleine d'énigmes, cet
assemblage de côtes maigres, et la couronne de cheveux
noirs, sur l'oreiller. Sophie disait maintenant qu'il serait
peut-être temps de s'arrêter, le fleuve était calme sous la
neige, une neige fondante, déjà, et Doudouline s'inclinait
sous les applaudissements, sur la scène où elle avait
connu l'exaltation, le bonheur. Le fastueux bouquet de roses serait bientôt jeté dans le fleuve, à la mer, dans
l'océan, là où avait dansé Gérard avec d'autres filles, sur
les quais, les plages, la nuit, près de l'Atlantique, les roses
et Gérard sous les eaux boueuses du fleuve, quand il faisait si froid, et quel était ce cri de ralliement des bergers

espagnols entre eux, Lynda l'imitait si bien, lorsqu'ils se perdaient le soir dans leur pâturage, ce n'était pas un cri mais un sanglot sauvage, âpre, qui montait de la gorge de Lynda, les brebis, les moutons s'enfuyaient par les collines, en entendant ce cri, c'était un rugissement désespéré mais trépidant, les cordes vocales s'y écorchaient, lancinantes, plaintives, le cri de l'amour comme celui de la mort, pensait Johnie, il lui sembla que ce cri s'élevait jusqu'à ses lèvres, des larmes froides mouillaient ses joues. Et Sophie freina, chacune sortit de la voiture, c'est un bien grand deuil, dit Sophie, allez-y vite, les filles, il fait froid, nous grelottons, adieu Gérard, une minute de silence s'il vous plaît, et Doudouline lança ses roses dans l'eau, le vent, la pluie et la neige, et bientôt ce fut au tour de Gérard de se disperser dans le vent, la pluie et la neige, Polydor revit la figure d'un Christ sculpté dans une cathédrale de Cracovie, un Christ dont le corps était tendu en avant comme une flèche, les mains, les pieds se détachant dans leur amoureux envol, se séparant des clous de la croix, et elle récita à voix basse dans le jour crépusculaire:

«Où t'es-tu caché, Ami,
Toi qui me laisses dans les gémissements?
Pareil au cerf tu as fui,
M'ayant navré après Toi,
Je sortis criant et Tu étais parti.»

Et c'était la nuit, bientôt l'aube, Johnie, Polydor, Doudouline, Thérèse s'étaient réunies dans le salon de l'Abeille, vingt bougies se consumaient seules sur le gâteau d'anniversaire de Gérard, Sophie arriverait bientôt avec le champagne, et Johnie pensait à ces Étoilés de Rose que l'on jetait avec leurs cendres parmi les fleurs, au milieu des amis et des parents, d'un bateau, d'un yacht, dans les larmes et l'affliction, dans la baie de San Francisco qui serait désormais le tombeau de la jeunesse, dans les vagues, sous un magnifique soleil. Ils disparaissaient tous, enfants, jeunes gens noirs ou blancs, dans une pluie de feu et de roses, et Johnie dit: «À bientôt, Gérard, bon anniversaire, Gérard», et toutes formèrent une chaîne avec leurs mains en répétant «bon anniversaire, Gérard», pendant que se consumaient seules les vingt bougies sur un gâteau de fête.

Marie-Claire Blais

Née en 1939 à Québec, Marie-Claire Blais a publié à l'âge de vingt ans son premier roman, *La belle bête.* Aussitôt remarquée, elle reçoit une bourse de la Fondation Guggenheim, à la suggestion du célèbre critique américain Edmund Wilson. C'est aux États-Unis qu'elle écrit *Une saison dans la vie d'Emmanuel* (Grasset 1965), qui lui vaut de remporter, toute jeune encore, le prix Médicis. À partir de là, l'œuvre va se déployer à une vitesse surprenante sans que, jamais, l'écrivain n'apparaisse polygraphe. On compte, à ce jour, une vingtaine de romans publiés au Québec et en France, tous traduits en anglais, ainsi que cinq pièces de théâtre et deux recueils de poésie. L'auteur a aussi fait des séjours prolongés aux États-Unis, en France et en Chine, notamment. Le prix Canada-Belgique du Conseil des Arts, en 1976, le prix France-Québec 1966, le prix Athanase-David 1982, le prix Nessim-Habif 1990 et un grand nombre de bourses ont aidé Marie-Claire Blais à se consacrer à une œuvre aussi authentique qu'altière et exigeante.

Ses livres sont marqués d'un lyrisme très personnel qui lui permet de traverser le miroir des apparences et de révéler les monstruosités cachées. Des enfances solitaires, des innocences bafouées, des foucades et des révoltes, une inusable tendresse, sont évoquées par une romancière qui n'imagine pas de réalisme sans transfiguration ni poésie. Québécoise dans l'âme, Marie-Claire Blais reste une nomade et une militante convaincue de la francophonie.

Marie-Claire Blais était, en mai 1992, le premier écrivain québécois élu à l'Académie royale de langue et de littérature françaises de Belgique.

Bibliographie

Roman

La belle bête, Québec, Institut Littéraire du Québec, 1959;
Paris, Éditions Flammarion, 1960; Montréal, Le Cercle du Livre de France, 1968; Boréal, 1991.

Tête blanche, Québec, Institut Littéraire du Québec, 1960;
Montréal, Les Éditions de L'Actuelle, 1977; Montréal, Éditions du Boréal, 1991.

Le jour est noir, Montréal, Les Éditions du Jour, 1962,
1967, 1970; Paris, précédé de *L'insoumise,* Grasset,
1971; Montréal, précédé de *L'insoumise,* Les éditions
internationales Alain Stanké, 1979.

Une saison dans la vie d'Emmanuel, Montréal, Les Éditions du Jour, 1965, 1970, 1972; Paris, Grasset, 1966;
Montréal, Les Éditions du Jour, édition de luxe,
1968; Montréal, Les Quinze, éditeur, 1976, 1978;
Montréal, Les éditions internationales Alain Stanké,
1980.

L'insoumise, Montréal, Les Éditions du Jour, 1966, 1968;
    Paris, précédé de *Le jour est noir*, Grasset, 1971;
    Montréal, Les éditions internationales Alain Stanké,
    1979; Montréal, Éditions du Boréal, 1990.

David Sterne, Montréal, Les Éditions du Jour, 1967;
    Montréal, Les éditions internationales Alain Stanké,
    1979, 1981.

Manuscrits de Pauline Archange, Montréal, Les Éditions
    du Jour, 1968; Paris, Grasset, 1968; Montréal, Les
    éditions internationales Alain Stanké, 1981; Mont-
    réal, Éditions du Boréal, 1991.

Vivre! Vivre!, Montréal, Les Éditions du Jour, 1969; Paris
    et Montréal, Les éditions internationales Alain Stan-
    ké, 1981; Montréal, Éditions du Boréal, 1991.

Les apparences, Montréal, Les éditions du Jour, 1971,
    1972; Paris et Montréal, Les éditions internationales
    Alain Stanké, 1981.

Le loup, Montréal, Les éditions du Jour, 1972; Montréal
    et Paris, Les éditions internationales Alain Stanké,
    1980; Montréal, Éditions du Boréal, 1990.

Un Joualonais, sa Joualonie, Montréal, Les Éditions du
    Jour, 1973; Paris, Éditions Robert Laffont, 1974;
    Montréal et Paris, Les éditions internationales Alain
    Stanké, 1979.

Une liaison parisienne, Montréal, Les éditions
    internationales Alain Stanké/Les Quinze, éditeur,
    1975; Paris, Les éditions Robert Laffont, 1976;
    Montréal, Quinze, éditeur, 1981; Montréal et Paris,

Éditions internationales Alain Stanké, 1982; Montréal, Éditions du Boréal, 1990.

Les nuits de l'underground, Montréal, Les éditions internationales Alain Stanké, 1978; Montréal, Éditions du Boréal, 1990.

Le sourd dans la ville, Montréal, Les éditions internationales Alain Stanké, 1979; Paris, Gallimard, 1980.

Visions d'Anna, Montréal, Les éditions internationales Alain Sanké, 1982; Paris, Gallimard, 1982; Montréal, Éditions du Boréal, 1991.

Pierre ou La guerre du printemps '81, Montréal, Primeur, 1984; Paris, Les Éditions Belfond, 1986.

Pierre, Montréal, Éditions du Boréal, 1991.

L'ange de la solitude, Montréal, VLB éditeur, 1989; Paris, Les Éditions Belfond, 1989; Montréal, Les Éditions Typo, 1992.

Théâtre

L'exécution, Montréal, Les éditions du Jour, 1968.

Fièvre et autres textes dramatiques, Montréal, Les Éditions du Jour, 1974.

L'océan suivi de *Murmures,* Montréal, Les Quinze, éditeur, 1977.

Sommeil d'hiver, Montréal, La Pleine Lune, 1986.

La nef des sorcières (en collaboration), Montréal, Les Quinze, éditeur, 1977; Montréal, Les éditions de l'Hexagone, coll. Typo, 1991.

L'île, Montréal, VLB éditeur, 1988.

Poésie

Pays voilés, Québec, Éditions Garneau, 1964.

Existences, Québec, Éditions Garneau, 1964.

Pays voilés et Existences, Montréal, Les Éditions de l'Homme, 1967; Montréal, Les éditions internationales Alain Stanké, 1982.

Récit

Les voyageurs sacrés, Montréal, HMH Hurtubise, 1966, 1969.

ŒUVRES EN TRADUCTION

Roman

Mad Shadows, Toronto, McClelland & Stewart, 1960, 1971, 1981.

Tête blanche, Toronto, McClelland & Stewart, 1961, 1974, 1975.

The Day is Dark, New York, Farrar, Strauss & Giroux, 1966, 1967.

A Season in the Life of Emmanuel, New York, Farrar, Strauss & Giroux, 1966, 1980; New York, Bantam Books, 1975; Toronto, Bantam Books, 1976; Toronto, McClelland & Stewart, 1992.

The Fugitive, Toronto, Oberon Press, 1978, 1992.

David Sterne, Toronto, McClelland & Stewart, 1972.

Schwarzer Winter, Berlin, Kiepenheuer & Witsch, 1967.

Een winter in het leven van Emmanuel, Amsterdam, Van Gennep, 1989.

Engel van eenzaamheid, Amsterdam, Van Gennep, 1992.

Talvikowski Emmanuelin elämästä, Tchekoslovaquie, Werner söderström Osakeyhtiön Kirjapaino Poroo, 1967.

Et är of Emmanuels Liv, Pologne, Samleren, 1967.

Manuscripts of Pauline Archange, New York, Farrar, Strauss & Giroux, 1970; New York, Bantam Books, 1976; Toronto, McClelland & Stewart, 1982.

Part two Manuscripts of Pauline Archange, New York, Farrar, Strauss & Giroux, 1970; New York, Bantam Books, 1976; Toronto, McClelland & Stewart, 1982.

The Wolf, Toronto, McClelland & Stewart, 1974.

St. Lawrence Blues, New York, Farrar, Strauss & Giroux, 1975; New York, Bantam Books, 1976; Londres, Harrap, 1977.

Dürer's Angel, Vancouver, Talon Books, 1976; Toronto, McClelland & Stewart, 1982.

A Literary Affair, Toronto, McClelland & Stewart, 1979.

Nights in the Underground: An exploration of Love, Toronto, General Publishing, A Musson Books Company, 1979, 1982.

Deaf to the City, Toronto, Lester & Orpen Dennys, 1980, 1981, 1982.

Anna's World, Toronto, Lester & Orpen Dennys, 1984.

The Island, Vancouver, Oberon Press, 1991.

Théâtre

The Execution, Vancouver, Talon Books, 1976.

Récit

Three Travelers and *The Day is Dark,* New York, Farrar, Strauss & Giroux, 1966.

Poésie

Veiles Countries and Lives, Montréal, Vehicule Press, 1984.

Table